「永遠の都」は何処に？

TAIDAN
22世紀に向かって

加賀乙彦
Otohiko Kaga
×
岳　真也
Shinya Gaku

牧野出版

TAIDAN―22世紀に向かって

「永遠の都」は何処に？

目次

第一部 周縁から

第二部 加賀文学の魅力——文章と文体

第三部　日本の近現代をたどる

第四部 現代の諸問題をめぐって

装丁・本文デザイン◎神長文夫＋坂入由美子

TAIDAN——22世紀に向かって

「永遠の都」は何処に？

加賀乙彦
岳　真也

第一部

周縁から

初めの一歩

岳　まずは、たいへん個人的なところからスタートさせていただきますが、一九六六年という年は、加賀先生にとって、けっこう特別な年ですよね。筑摩書房が募集していた太宰治賞に応募された『フランドルの冬』が、惜しくも次点になって……。

加賀　あのときは吉村昭さんが受賞なさった。

岳　ええ。でも、先生の作品も優秀作みたいなことで筑摩で発行していた総合誌「展望」に載りましたよね。あれはしかし、長い小説の断章にすぎなかった。候補の段階ではまだ途中だったそうですね。

加賀　全体の四分の一、第一章だけだったんです。それで一年ほどかけて、七百枚くらいの長篇にしたら、筑摩が出版してくれてね。

岳　それで芸術選奨文部大臣賞の新人賞をお取りになったわけですが、言ってみれば、最初の文壇デビューは「展望」発表時で66年。じつは、私にとっても意味のある年で、私はこの年に「三田文学」で小説デビューして、もう五十年になるわけです。そのとき、私は生意気にも、まだ十九歳だったんですけどね。

加賀　ということは、いま六十九歳？

岳　はい。いい歳になりました。先生の八十七歳にはかないませんけど（笑）。

それで、ちょうどその頃に、僕は「三田文学」の編集室に出入りしていて、先生とも昵懇だった遠藤周作先生のところで勉強していたわけですね。「早稲田文学」のほうにも係わっていて、当時編集長をされていた立原正秋さんとかとも、お会いしたことがありますよ。

加賀　立原とは「犀」という同人誌で一緒にやってましたよ。高井有一とか、岡松和夫、佐江衆一……あとから後藤明生なんかも参加していたな。

岳　そういえば、立原正秋氏が直木賞をお取りになったのも66年でしたね。それはともかく、立原さんのあとに有馬頼義さんが編集長になって、その有馬さんに育てられたのが、立松和平。僕と同い年の立松和平が、早稲田文学新人賞を取って、出てきたんですけど。

加賀　彼はもともと早稲田でしょう。

岳　そうなんですよ。あの頃はまだ早稲田の学生なんですよね。僕も当時、慶応の学生でしたけど。夭折とか若死になどとは言えないでしょうが、六年前に六十二歳で亡くなってしまいました。

加賀　私からすれば、若すぎるよなぁって気がしますけどねぇ。惜しいですよ。

岳　ともあれ「三田文学」や「早稲田文学」と係わりながら、一方で僕は永六輔師匠のもとでテレビやラジオの仕事もし、ベ平連（ベトナムに平和を！市民連合）の運動なんかもやっていて、小田実さんの舎弟でもありましたのでね。

小田さんや高橋和巳、柴田翔さんらが中心になって筑摩書房から「人間として」という文芸雑誌を出した。今でいうリベラル系かな、ちょっと異色な雑誌でしたけど……そこにも小説を書かせていただいたりして、筑摩にもよく行ったんですよ。だからたぶん、あの辺で、神田の小川町ですか、あの界隈で、僕はきっと加賀先生とすれ違ってますね。

加賀　そうかもしれませんね。可能性はある。ただ僕はその時分、もう本当に、ど素人の小説家でしたからね。

小説を書くというのは今も昔も孤独な営みではあるけれど、それを同人たちが語り合うというのは興味深い体験でした。「三田文学」とか「早稲田文学」とか「人間として」とか、そういうサークルで、みんなして切磋琢磨して……友達と交わりながら書くっていうことは、僕にとってめざましい出来事でした。もっとも同人雑誌「犀」では、ほんと、隅っこのほうにいただけでしたが。

岳　まぁ、単にお酒飲んでくだ巻いてるだけでね、切磋琢磨とはほど遠いような気もしますけど（笑）。

加賀　あの頃の僕の文学の話し相手といえば、辻邦生くらいかな。

岳　「扉」にも、はじめは辻さんに誘われたとか……。

加賀　そうなんですよ。ところが、辻は立原と喧嘩して、早くに辞めちまったんです。

岳　立原さんの喧嘩っ早さは有名だったけど、辻さんは意外ですね、

加賀　いや、けっこう辻は気が強かったんです。その辻と僕は、一緒にフランスへ留学した仲でした。

　僕は彼と同じ船で、四十日ばかりかけて、フランスへ行ったんです。四十日間、毎日毎日、辻と話をしていて……こんなに夢中になって文学をやるっていう人間には初めて会ったので、びっくりしました。

　そういう体験が、初体験というか、小説家、あるいは小説家志望との最初の出会いでした。

　あのとき、森有正さんを尊敬していました。森さんは僕に、辻邦生とまともに文学論を戦わせる文学への情熱を伝えてくれました。

岳　森有正『遥かなノートル・ダム』、傑作でした。愛読しましたよ。

加賀　ですから、フランス留学がなかったら、おそらく僕は、小説を書かなかったんじゃないかな。

岳　なるほど。辻邦生さんとの出会いが大きかったということですね。

加賀　そうです、そうです。初めの一歩。だから、人生いったい、いつどこで何が起こるか、分からないいんですね。

帯に短したすきに長し

加賀　私が岳さんと違うのは、三十八歳になって、やっと真剣に小説を書くようになったところですかね。まぁ、その三年くらい前から、書きはじめてはいましたけど。

いくつか長篇を書きました。三十八歳のときに最初に話に出た『フランドルの冬』ね。四十二、三歳のときに『帰らざる夏』というのを書きましたし、１９７９年には上下二巻の『宣告』という小説を出しています。

岳　あれは日本文学大賞を受賞して、ベストセラーになりましたね。

加賀　僕はゆっくりゆっくりですけど、最初から長編小説のほうを書きたかった。何故そんな長い小説を書いたか、書くようになっていたか、という理由は自分でもよく分かりませんが、小説家としての人生を積み上げていった結果、という感じですね。あと、精神医学的な仕事もずいぶんとしてますから……。

岳　精神科医という肩書きもお持ちですものね。

加賀　はい。科学と心理ね。心、というのを問題にしたい、という気持ちは最初からありました。

私のやってきたことは、誰にでも通用するものではなく、自分にしか通用しないだろうな、と思います。たとえば、岳さんの小説を読むと、私とはずいぶんと書く手段、目のつけどころ、文体が違うなぁと感じますし、そんなあたりも今後、話していけたら良いなと思いますよ。

岳　そうですね。文章や文体、モチーフの問題なんかについては、次回に細かくやろうと思いますが。じつは私も医大の付属の出身で、精神科医になろうかと考えたことはあるんです。

加賀　ほう。そうでしたか。

岳　でも、数学とか化学、物理が苦手で医学部、無理でした。それで経済学部のほうに行ったんですけど。

加賀　慶応の経済ですね。

岳　ええ。でも大学院での専攻は社会学です。もっとも慶応の大学院の社会学研究科は、法科、経済、文学すべてをまじえた感じで、私の指導教授、米山圭三先生という方でしたが、あの先生はたしか法科の出身で……僕は大学では経済学、社会学を学びながら、個人的にはフランス文学が好きで、ル・クレジオとかフィリップ・ソレルスなんかを読んでました。

加賀　当時としては、かなり前衛的な作家たち。

岳　サルトルやカミュの影響も受けていましたが。サルトルとボーボワールが来日して慶応に来たとき、お二人と握手もしてますし……そういうこともあって、実存主義に傾倒し、社会学の修士論文は「人間は人間である——サルトルとカミュの人間学」なんてタイトルでしたよ。

加賀　いま、岳さんがサルトルの話をされたけど、私もサルトルはもうすでにその頃、読んでおりました。ほとんどはそれこそ、慶応系の先生方の翻訳でね。これは、まったく新しいものだと感じましたが。

岳　だいたいが、仏文科の白井浩司先生の翻訳ですね。学部学科が違うんで、指導教授ではありませんでしたが、学生時代に僕が師事していた先生のお一人ですよ。

加賀　そうなんですか。それは、それは……でも、僕は読んでたのに、なんと辻邦生は読んでなかった(笑)。これも、びっくりしたな。

彼が言うには、バルザックとかスタンダールを読まなきゃ駄目だ、と。僕のほうは、そちらはあんまり読んでなくて、現代風のものばっかり読んでたわけですね。まぁ、そんなようなこともあって、いろいろと、ちぐはぐしながら文学と係わっていました。

僕は変わった人間に会うと、非常に共鳴を抱いて、その人となるべく親しく付き合って、いろいろ教えてもらおうと思うものだから、辻さんは最初の文学の教師でした。

岳 以前に出された先生の自伝（『加賀乙彦自伝』）、あれも聞き書きのかたちでしたが、あの本にもけっこう辻さんが登場しますものね。

僕が読んでいて面白かったのは、片方に辻さんとの付き合いがあって、片方で立原正秋さんたちの「犀」のグループ……途中で両者が喧嘩別れのようになって。私も若いころは生意気盛りで、ケンカ・ガクとか呼ばれたりしてましたからね。

遠藤（周作）さんが京都の瀬戸内寂聴さん、昔は晴美さんだったんですが、その瀬戸内さんのところに電話をかけて、やつに新人賞あげなかったら、うるさく噛みついてくるぞ、と言ったとか（笑）。お二人と、松本清張さんが選考委員だったんです。

加賀 それで、新人賞を取れたんですか。

岳 駄目でした（笑）。小学館で当時発行されていた小説誌の新人賞だったんですが、私の賞の落ち初めってわけです（笑）。

しかし、先生の自伝の話ですが、背景となる場所を知ってるもので、なおさら私なぞには、面白かったんですね。たとえば「茉莉花」という新宿西口の店。「文壇バー」として、有名な店でしたね。あそこには、いろんな人がいらしていて……。

加賀　あの頃、本当に新宿は、若い小説家、あるいは詩人のメッカでしたね。

岳　そうでしたね。面白い時代でした、いろんな意味で。良い小説は書いていたけれど、暴れん坊の中上（健二）に三田（誠広）が「茉莉花」の店内で殴られてあばらを折ったとか、「文藝」の寺田（博）編集長も殴られたとか、物騒な話がたくさんあって（笑）。加賀先生も中上さんとは付き合いがおありだったんでしょう。

加賀　中上は知ってますよ。「十八歳」という小説を書いて、威張ってました（笑）。

岳　短篇集『十八歳、海へ』に収録されましたね、あれが彼の処女出版だったかな。『十九歳の地図』というのも、ありましたが……こんなこと、自慢にもなりませんが、じつは最初に小説集出したのは、僕のほうがちょっと早いんです。

評論家の柄谷行人さんが、それこそは「茉莉花」で話してくれたんですよ。そのころ中上さんはたしか成田空港で、メカニック関係の仕事をしていた。それで柄谷さんが外国へ行くときに空港で会ったら、彼が僕の本を持っていて、「きみ空を翔け、ぼく地を這う」なんて言って、見せてよこしたっていうんですけどね。

その台詞はそのままそっくり、角川〈書店〉から出た私の処女小説集のタイトルなんです。

　でも水戸黄門じゃないけれど、あとから来たのに追い越され……みんな、つぎつぎ芥川賞とか取っていく中でね、僕だけ取れない。年に四、五回も「文學界」に短篇を載せてもらったこともあったけど、全然駄目で、じゃあ長篇書けって言われたんです。それが僕の代表作といわれる『水の旅立ち』なんですけど。

加賀　読みましたよ。あれは面白い。傑作だと思いました。

岳　有り難うございます。

　で、あのときに、松成（武治）さんっていう文藝春秋の編集者が、きみに直木賞取らせようって、書き下ろしで千五百枚くらいの長いものを書かせてくれたんですよ。それが出版されて、朝日新聞なんかで激賞されて、直前に直木賞を取った友人の笹倉明が「つぎはおまえだって評判だぞ」なんて電話をよこしたりした。

　ところがそこに、別の編集者の豊田健次……トヨケンさんっていう、この人も私にはやはり恩人ではあったんですが、「これは純文学だから、直木賞じゃない」と言いだして、候補から外されてしまったんです。

　それでは芥川賞かというと、先生もご存知の通り、短くないと芥川賞は取れないんですよね。せいぜいが二、三百枚。千五百枚は、とても無理です。それで結局、帯に短したすきに長しで、蛇蜂取らずみたいなことで終わってしまった。私、こと文学賞に関しましては、悲劇の主人公ってわけです(笑)。

辻邦生さんもそうですが、加賀先生も、結局、芥川賞はお取りになっておられない。候補にはなっていますが。

加賀　一度だけですね。でも、僕は芥川賞が欲しいと思ったことは、あんまりないんですよ。素晴らしい賞だとは思うんだけど、僕みたいな長篇を書きたがっている人間には縁がないな、と思っていました。

それこそは辻邦生が教えてくれたんですよ。「きみ、長篇ばっかり書いてたら、芥川賞もらえないよ」ってね(笑)。

岳　そういう辻さんも、けっこう長いものをお書きになりましたよね。

加賀　彼の作品は、最初から長かったですね。『夏の砦』なんて、六〇年代の最初に書いたんだけれども、かなり長いものでした。僕が賞をもらった文部大臣新人賞を翌年、彼は『安土往還記』でもらっています。

岳　さっきの笹倉明ですが、最近、音沙汰ないなと思っていたら、なんとタイで出家したそうです。しかし、あの笹倉の「次はおまえ」の一言で僕、いっきに血圧、上がっちゃったんですよ。

立原正秋さんじゃないけど、ずっと芥川賞というか、純文学でやってきたのに、ここで直木賞かよ、っていう気分もありましたし……結局、そこからは外されちゃったんで、また血圧、下がりましたけどね（笑）。

はじめに長篇ありき

加賀　僕はね、最初から、文学っていうのは長篇小説だって思ってたんです。好きな小説がみんな長篇だったんです。短いものも読むけれど、とくに長いものが好きなんですね。僕には、戦後の乱読時代っていうのがありました。ちょうど二十歳前、十代の後半くらいだったんだけど、本当にいろんな本を読みました。その乱読が、いちばん私に影響をあたえました。

一九五〇年くらいになって、たくさんの長編小説が翻訳されて出されるようになってきたんですね。その盛んな時代っていうのが、いまだに自分の心にあって。ずっと後になって、ちょっと自分も書いてみようかなっていう野望、きっかけにはなってるんです。

岳　膨大な量の小説を読まれた？

加賀　そうね。これは、若い頃読んだ長篇小説の一覧なんですけどね（これまで読んできた長篇が記録されたファイルを開く)。

たとえばフランスの作家、ジョルジュ・デュアメルの『パスキエ家の記録』なんてのが翻訳されて、毎月毎月、どんどん出版されていく。それがすごく長い。全部で五千枚なんですよ。これを全部読んでましてね……うわぁ、面白いし、すごい世界だって、夢中になってね。

パスキエ家っていうのは医者の家族で、パリの開業医の世界を描いているんです。これにはもう、僕、心酔しました。大江(健三郎)さんがこれを読んでおられて、「『パスキエ家の記録』みたいなの書いてくださいよ」って言ってましたからね。大江さんは読書家ですけど、彼にも面白かったんでしょうね。

会話も面白いし、とにかく、たいへんな大長篇なんですけど、とりわけ日本では売れていたんですね、この頃。で、自分もこういうようなものを書こうかなぁと、本気になりはじめたわけです。

あとは、マルタン・デュ・ガールの『チボー家の人々』。これは、五千七百枚。

岳 そんなにありましたっけ。僕も全篇、読んだ覚えがありますけど。

加賀 若い時分の僕は、こういうものを読んでいたんですね。

ルイ・アラゴンの『レ・コミュニスト』なんてのもある。全十巻っていうのを読みはじめたんだけど、これは共産党の話でね、あんまり面白くなかった（笑）。途中で挫折しました。

その頃は、長ければ良いっていう読み方をしていたんですが、そういう時期が、十七、八歳から二十歳くらいまであって。とにかく、好きなものは読みたい。だけど、それが小説としてどうとかという理屈ではなく、ただ面白いから読んでたんですね。

そして「なるほどねぇ、だけど、こんな見事な小説は僕には書けないな」というふうな絶望感も覚えましたよ。僕はやっぱり学問の方がいい、とね。非常に面白いけれども、自分には書けそうもない、という感じですね。でも一方で、こういうふうにも思ったんです。「もし書けたら、ずいぶん幸福だろうなぁ」と。

もちろん、長くさえあれば良いってもんでもないんだけども、何か、長篇小説のコンポジションをいろいろ教えてもらった気はします、このときに。とくにデュアメルは外科医ですから……かなり優秀な外科医で、第一次世界大戦のときには、たくさんの傷病兵を診ていますしね。

岳　外科医っていうのは珍しいですね。先生のような精神科医の小説家は、けっこういる気がしますが。

加賀　何せ、デュアメルの小説は医者の世界の話ですからね、非常に面白かった。まぁ、僕も十七、八歳の少年だったから、面白い面白いって言っても、たいして理解したとは思ってませんけど、面白かったことは確かなんですね。

岳　長篇っていうのはね、読み手のほうも大変ですよ。先生の『永遠の都』にしても、五千枚近くあるでしょう、大江さんは二週間で読みつくしたそうですけど、僕はやっぱり三ヵ月かかりましたからね。

まぁ、一行一行なめるように読んでいったってこともありますが（笑）。もう一つの『雲の都』も揃えましたからね、これから読んでいきますよ。

ただ、今回の対談では、『永遠の都』を基本的なテキストにして話していこうかと思います。

加賀　ええ、そうしていただけると有り難いです。今の話のもって行き方は、そうなんです。

とにかく、僕の作家としての人生は、はじめに長篇ありきっていう感じなんですよ。そのあといろいろ、短篇を書きなさいとか、芥川賞を取りなさいとか、いろんな人がいろんなことを言ってくるし、同人雑誌に短篇を書いたりしたけれどもね。

ただ、僕は短篇を三つくらい書いたけど、同人のあいだでは非常に不評でした。何でこんなつまんないものを書くんだろうって。

岳　いや、この前、辻さんの弟子で、僕の友人でもある大久保智弘くんっていう時代小説大賞を取った作家が、加賀先生の短篇を読んで、じつに面白いって言ってましたけどね。

加賀　ほう。そんなこと言われたの、初めてだ（笑）。

岳　私も先生の短篇を読んだことがあると思うんだけど、どうしても長いのばかりが印象に残ってるので。

加賀　僕は三十年くらい前から、短篇は一つも書いてない。やめちゃったんですよ。

岳　大久保くんあたりに、ああいうことを言われると、読みたくなりますけどね（笑）。

加賀　書きだして二十年間くらいは、短篇を書いてくれっていう注文が来ますからね、こなしてたんだけど。

岳　そうですよね。雑誌なんかでも最初はね、なかなか長いの、書かせてくれない。

加賀　でも短いの書いても、あんまりみんな褒めてくれないし（笑）。こりゃ駄目だ、と思って。得手不得手があるわけですから、文学には。

それよりも、もうちょっとじっくりと、長い時間をかけて書こうかな、と……そうすると、それだけではたぶん喰えないだろうってことで、医者はつづけようと思いました。二足のわらじということで、約十七、八年、そういう生活をしましたけどね。

岳　僕はそれが出来ないから、苦労しましたね。やはりこう、なかなかね、文芸誌での連載なんかもさせてもらえなくて。若い新人だと、単発で八十枚書けとか、五十枚書けとか、そういう注文ばかり来て。

でも、僕が長篇を本気になって書きだしたのは、やっぱり、歴史もの、時代ものですね。禍は福……で、恋愛もので直木賞取り損なったおかげで、歴史小説の注文が来た。河井継之助、橋本左内と書いているうちに、『吉良の言い分』……これがなんと、ベストセラーになって。あの小説も上下二巻なんですが、歴史時代小説は、逆に短いと読者がついてくれないんですね。長いものを書かないと読まれないんです。

もっとも、長いものと言っても、やっぱり五百枚、六百枚、もっと長くて、千枚、二千枚ですね。僕の作品でいうと、『福沢諭吉』みたいな。『永遠の都』のように超長いのは、歴史小説の分野でも数少ないですよ。

「芥川」とは縁がない

岳　ここでちょっとお聞きしておきたいんですけど……とくに長いものを書こうとするときなんですが、先生は、全体の構成というのは、最初にお立てになりますか?
加賀　『フランドルの冬』では、フランス人の一家が勝手な会話をしているのを、導入部にしています。あれは、誰でもやることだろうと思ったら、大岡昇平さんが、それがすごく良かったよって褒めてくれた。だから、あんまり人のやらないことなんだなっていうのは、あとで知ったんですけどね。

なぜ『フランドルの冬』みたいなフランスを舞台にした小説を書きはじめたかというと、丸一年ですけど、フランスで給料をもらって医者として働いていたんです。田舎の精神科病院でね。

そのときの生活体験というのが、とても僕には興味深かった。

人間の種類……つまり性格や地位は小説の基本的な要件だけれども、フランスだろうが日本だろうが、意地の悪いやつもいるし、ホモセクシュアルもいるし、しょっちゅう哲学的な話をしてサルトルのことばかり話すやつもいるし、いろんな人間が出てくるんですよ。それを僕はいちいち、日記帳のようなスケッチブックに書いていた。最初はフランス語の勉強だと思って、フランス語で書いてたら、掃除のおばさんが全部読んじゃったから、これはまずいと思って、日本語で書きました(笑)。

それはかなり分厚いノート、スケッチブックで、今でも残ってますね。

岳 それは、作品を書きだす前にですか?

加賀 ええ。小説にはならないと思ったけど、いろんな人間がいるということね、性格学みたいなものが大好きだったんですよ。それで、登場人物の性格をきちんと書く小説というのは、バルザックでしょう。

バルザックは、僕は戦後の乱読期からずーっと読んでいて、大好きな小説家でした。日本というのは不思議な国で、大正の終わりから太平洋戦争にかけて、バルザックがものすごくよく読まれて、翻訳されてるんですよ。

岳　正直言って、今はあんまり読む人がいないですね。

それで先生は、そのスケッチをしたあと、第一章、第二章といった構成は、最初につくりますか？

加賀　つくらないですね。

岳　やはり、書いていくうちに変わってしまうから……。

加賀　僕は、それが正しいことかどうかは分からないけれども、いろんな人間が来て、わいわいわいわいやっているうちに、誰かが動きだす。これが主人公になるなって感じで、勝手に動きだすんですよ。

岳　やっぱり、そうでしたか。枚数も、最初からは決まっていないんですね。

加賀　決まってないです。

岳　『永遠の都』にしても、最初は十年やろうだなんて思ってなかったわけですもんね

（笑）。

加賀　いやいや、十年だなんて、あとでぞっとしましたよ（笑）。こんなに長いあいだ、書きつづけたんだなってね。

岳　先生、こういうことはないですか。

僕は音楽とか絵画とかが出来ないから、ああいうことをやる人は芸術家として凄いなと思うんです。

ところがあるとき、僕の知り合いのボクシングの元日本チャンピオンがね、大和田正春っていう浪速のロッキー・赤井英和を倒したハーフのボクサーなんですけど、今はボクシングの話じゃなくて、その人がね、競馬の馬券で、大きいのを当ててるんですよ。

そういうとき、大和田さんは、上から降りてくる、って言うんですね。ほら、勝ち馬の番号が……。

そんなことあるのかと思って、「えー？」とか言ってたんですけど、音楽や絵画、あるいはボクシングなんかのスポーツにもあるんですかね、そういう直感みたいなものが。

僕は競馬の馬券は全然降りてこないんですけど、言葉とか、表現とか、あるいはストーリー……フランス語で言うとレシですか。そういったものが、すとん、と落ちてくることがあるんです。迷っているときなんかに。

寝てるときとかに落ちてくると、たまらないですけどね。

加賀 それは、そうですすよ。寝てる間に、ある腹案がばーっと広がったりってこと、確かにありますすね。昼間いろいろ考えてスケッチしていたうちの面白い人物が動きだして、夢の中に変身して出てきたりね。

こう、小説を書くのに、どんなコンポジションをつくるかっていうのは、僕はまったく考えてない。

岳 登場人物はある程度、考えてあるわけでしょ。たとえば『永遠の都』でいうと、小暮悠太がいて、その兄弟がいて、お父さん、お母さんや、僕の大好きなキャラクターの時田利平がいて……というのは、あるわけですよね。

加賀 どうだろうな。僕が思うに、小説家がどういう主題で、どういう人物をどのように描くかっていうのは、各人、みんな違うと思うんですよね。その中で、その人が実の人生でもって経験した出来事が、しばしば小説になる。

だから、その場合は、全然そういう経験がない人には書けないだろうと思いますね。ところが、一方で安部公房みたいな人がいるわけでね。経験したこととかではなく、イマジネーションでどんどん書いていく、という才能がある人は、日本では多いですよね。芥川（龍之介）なんかもそうだと思うんですが。実人生でこういうことをやったというよりは、昔読んだ本の人物を引っ張りだしてきたり、そういう才能があって。『鼻』から始まって、最初からイマジネーションの小説でしょう、芥川は。
そういうのと、僕は違うんだなぁ。僕はああいう真似はできないなと思っていたから、芥川賞は最初から駄目だと思ってた。あんなことはね、思いつかないですよ、僕には(笑)。

岳 そういう意味で、芥川賞には向かない。縁がない、と(笑)。
でも先生は、いわゆる日本の伝統的な私小説とも違いますよね。文体で、そう感じるんでしょうか。

加賀 たぶん、それはね、僕が昔の日本の小説をあまり読んでいなくて、いきなりその当時の世界の現代小説を、翻訳で山ほど読んだんですね。だから、初めに会ったのが翻訳小説なんです。

『三匹の蟹』がリード

岳 そのあと、立原正秋氏なんかと一緒に同人雑誌やったんですね。さっきも話に出た「犀」のことですが。

加賀 そう。立原が編集長で、そこには後藤明生とか高井有一とか、佐江衆一とか、そういう人たちが集まっていて。中心は立原でした。まさか、あの人が韓国人だとは思わなかったから、凄い人がいたなぁと今では思ってますけど、違和感は少しあった。彼はこう断言するんですね、「自然主義がいいんだ」って。

で、まず高井有一が芥川賞をもらったんですよね。それから一年たって、こんどは立原正秋が直木賞をもらった。そのときに、立原は非常に悔しがってた。俺は芥川賞が欲しかったのに、直木賞じゃ駄目だーなんて、ぐだぐだ言いながら飲み歩いてたから、よっぽど悔しかったんでしょうね(笑)。

岳　僕が直木賞騒ぎのときに、血圧上がったり下がったりしたのと、ちょっと似てますね(笑)。

加賀　立原とか、彼らから見ると、僕の小説なんていうのは、小説の体をなしていない、何をやってるんだっていう評価で……それでも、短篇を三つくらい書いたかな。そのうちに同人のみんなと離れて、一人で長篇を書いてみようかっていうふうになったんですよ。

岳　なるほど。先生の短篇を僕ももう一度、読み直してみよう。大久保(智弘)くんも褒めていたしなぁ。

加賀　まぁ、「犀」は十号だけ出して、終刊になっちゃった。でも僕にとって、たいへん面白かったのは、小説家というのはこういうものだと勝手に思い込んでいたけれど、いろんなタイプの小説家がいるじゃないですか。あのとき、岳さんにお会いしていたら、きっと影響を受けていたんじゃないかな。

岳　いやいや、ただ生意気な若造だと思われただけじゃないですか。

加賀　そんなことはありませんよ。

僕のほうは、そのころはぺーぺーで芽が出なくて駄目でしたけど、立原のおかげで、彼とは全然違うけれども、自分の信念もあながち間違ってはいないだろう、という変な自信にはなりましたね。

それから、高井有一は親友になりましたから……あの人は、素晴らしい短篇を書くし、文章もいいし、古風なのがまたいい雰囲気で出てくる。最初から、絵に描いたような芥川賞作家ですよ。

今でもずっと、戦後五十年、旧仮名遣いで書いてますよね。

その頑固さと、自分を大事にする創作の方法なんてのは、高井さんからずいぶんと教えられましたね。

岳　あの頃は、そういう方も多かったですね。丸谷才一さんとか。

加賀　丸谷もそうですね。旧仮名遣いで書きなさい、と。あの二人だな。

岳　あと、倉橋由美子さんがそうでした。デビュー作の『パルタイ』なんかは現代仮名遣いだった気がするけど、途中から旧仮名になって……僕は割とかわいがっていただきました。当時はまだイケメンでしたから、なんてね（笑）。

加賀　倉橋さんは、明治大学でしょう。

岳　そうです、そうです。大江健三郎さんなんかと同じ頃に出てきた学生作家の草分けで、その意味では私とかの先達に当たる。

加賀　あの方とは僕、ずーっと時がたってから、親友になっちゃうんですよ。

岳　へぇ、そうなんですか。

加賀　耳の奥で心臓の音がする、それがぼっこん、ぼっこん、と聴こえてくるというんですね。そうなると、小説が書けないって言うんですよ。

修善寺の山の中の、静かなところに逃げて行ったんです。ご主人と二人で、そこに住んでいたんですよ。ときどき東京へ出てきてね、僕と一緒に飲んだり話したり。そういう仲でした。

岳　あの方、自分はお酒飲まないけど、酒席に出るのがお好きだったようで。

加賀　大好きでした（笑）。

岳　面白い方でしたよね（笑）。あのちょっと難解で諧謔に満ちた作品とは、素顔はだいぶ違う。

加賀　精神科の僕に話を聞きたいというのも、あったんでしょう。僕から言うと、珍しい症状だけれどもね。耳のすぐそばに動脈が通ってるんですよ。しんとしたところだと、かえって心臓の音が聴こえるんじゃないかって気がしたんですがね。でも、東京へ来ると、うるさいうるさいって騒いでました。

いろんな人がいますなぁ。丸谷才一と大庭みな子さんは、同じときに芥川賞をもらうわけですが、そのときに僕の『くさびら譚』という作品も候補になっているんですね。

岳　まだ読んでいませんが、それはぜひ読みたいですね。

加賀　どうかなぁ。二人の作品を読んだときに、「ああ、これは僕は負けたな。全然駄目だ。あんなに見事な短篇は、僕には書けるはずがない」とあきらめました、本当に。

大庭さんなんか、あんまりにも凄かったからね、デビュー作が。すさまじい勢いで……『三匹の蟹』なんて。ずーっと数年間、文壇をリードしていました。

精神科医は文学に有利？

加賀　その頃、僕は結婚したばかりだったんだけど、女房は医者の娘でね。僕も医者だから、医者っていうのは安定した収入があるってことで結婚したらしい。

岳　医者というのは、誰でもなれるもんじゃないですからね。

加賀　ところが僕が小説の話ばっかりするもんだから、最初のうちは嫌な人間に思えたらしいよ（笑）。

女房に、「これはね、フランス人の特徴だ」とか、「白人には目の色がいろいろあって、青とか緑とか黒とかね。目の色っていうのは、フランスの小説ではいちばん重要な人物描写なんだけど、日本では関係ないよ」とか話してたから、「つまんないことを言ってるなぁ」って思ってたらしいですよ。

岳　そういえば、『永遠の都』の悠太の初恋の相手は、千束でしたっけ、目の色や髪の色が外国人っぽい感じで書かれていましたよね。

少し話は変わりますが、『永遠の都』っていうのは、最初は「とわ」の都っていうつもりだったんですか。

加賀　いや、最初から「えいえん」の都とつけていたんですが、ある読者が「とわのみやこ」って言うから、「ああ、そうも読めるなぁ」っていうことで（笑）。

岳　『永遠の都』は、帯なんかの売り言葉として「自伝的な」となっているんですね。僕の『水の旅立ち』は「私小説風」と書かれたんですけど。

これは微妙なところで、面白い話があるんですけど、遠藤さんと同様、若い頃、いろいろと教えを請うた瀬戸内寂聴さんも、私小説を書かれるんですけど、「本当のことを書くと読者は嘘だと思う、嘘のことを書くと本当だと思う」って言ってたんですよ。

加賀　上手いこと言うね。ほんと、そうですよね（笑）。

岳　何故かというと、嘘を書こうとすると、本当らしくしようと一生懸命細かく書くでしょう。

僕が『永遠の都』の中でびっくりしたのが、脇晋助。僕は晋助の考え方とか、キャラクターはけっこう好きで、まさかフィクションとは思わなかったですね。姿かたちばかりか、心理描写も細部まで描かれているし。してやられた、と思いましたよ。

先生のお母様がお父上以外の人と恋愛したというのは事実で、相手は子どもの担任の教師でしたっけ……そういうことは自伝など読んで、あとから知ったわけでして。晋助らしき人物は必ずいる、少なくともモデルがいるはずだ、と最後まで信じていましたね。

まぁ、今は思いますよ。加賀乙彦は、事実とフィクションとのすり替え、あるいは間の取り方が、じつに上手だなと。

先生、本当に嘘つきですよ（笑）。

加賀　嘘つきですか（大笑）。

岳　僕みたいな、一応、プロでやってる物書きが、ころっと騙されてしまいましたから。

加賀　まぁ、とにもかくにもね、この『永遠の都』は、東京の中流家庭の出来事ではじまり、しだいに大勢の人物が登場するんですが、初めっからこういうものを書くという気はなかったんですよ、僕にはね。

それは、こういうことなんです。

小説を書きはじめたときの僕の心得でね、自分はきっと長い小説で幼年時代を書くだろうと。そして、プルーストを読んでましたから、プルーストの真似をしてね、幼年時代のことを詳しく書いてみたいな、とずーっと思っていました。

作家としてみとめられてから、ほうぼうで短篇の注文が来たり、長篇の注文も来たりしていたけれども、僕は絶対に幼年時代や少年時代は書かないでいた。要するに、幼少年期をまとめて書くつもりだった。それで、作家生活を二十年くらいしてから、これを書きはじめた。

その二十年のあいだに、いろいろなアイデアが浮かぶでしょう。全部、そのアイデア・スケッチがあるんですよ。今日の対談に持ってこようかと思ったんだけど、持ち歩きすぎて、あんまり汚いものだから(笑)。

あっちこっちで、いつもスケッチブックを持って、何かを思いだしたとか、目の前の人物のちょっとした仕草とか、絶えず取材してるわけですよ。そして、その取材というのは、精神科の医者は非常に有利に出来るわけです。
北杜夫が何故、なぜあんなに面白い『楡家の人びと』なんて小説を書けたのか、よく分かりますよ。自分の家族がいて、しかもその家族を膨らますものとして、患者さんがいるわけ。それを取材して、彼は書いてるんですよね。
北杜夫が芥川賞を取った作品『夜と霧の隅で』も、精神科の話ですからね。ドイツの精神病院の話です。
するとと、精神病院を描くというのは、最初から彼の技法の一つでもあったわけです。

岳　なるほどね。どくとるマンボウ・シリーズはともかく、北さんの小説に関しては、確かにそうですね。

加賀　彼もイマジネーション豊かな人なんだけど、やっぱり、身辺に材を拾うというか、そういう書き方からはじめたわけですよね。
それはね、僕にとって、とても刺激になりました。

岳　分かりますね。北杜夫の小説は、私もたくさん読みましたから。

加賀　僕は若い頃から精神医学を学び、患者を、犯罪者を見る、というような、非常に科学的な分野にいたんですよね。それがだんだんに小説の世界に、この分野に引きこまれていったのは、何故か。

戦後に多くの本を乱読した影響も、もちろん大きいけれど、医者として患者さんやその家族など、多様な人間たちを見てこられたという事実も、小さくはない。

岳　そういうお話を聞くと、悔しい気もしますね。前にも言ったように、本当は精神科医になりたかった。僕は先生の母校の後身、都立新宿高校を落っこちて、私立の駒場東邦高校に行ったんですよ。

加賀　僕の頃は都立六中でした。

岳　それで、駒場東邦って東邦大学、医大の付属なんですよ。クラスの五分の一くらい、お医者さんになるんですよね。だから、僕もちょっと医者になろうかなと思った時期があって、行くなら精神科だなと思ってた。でも、数学が零点ばっかりだったんです(笑)。「何で医者に、数学がそんなに必要なんだ」とか、文句言ってたこともありますよ。

加賀　あのね、大学受験にいちばん良いのは、数学と物理学なんです。その二つ、満点取ればね、入れるんです。

岳　英語と国語なら、満点取れたかもしれないけど。

慶応の経済は入試に数学があるんだけれど、二問しか出ないうちの一問が、ちょうど前の日に暗記したのとまったく同じ方程式の問題が出たんです(笑)。

先生もいつか、どこかでそんな話をされてましたよね。前の日に勉強したのが出たっていう。陸軍幼年学校か、東大の医学部か……あれ、『永遠の都』の主人公、悠太の話でしたっけ。

ドストエフスキーが原点

岳 文章の構成や文体の問題などは次回、『永遠の都』からいろんな部分を引用しながら、詳しくお聞きするつもりでいるのですが、いくつか前哨戦というか、連続ドラマの予告みたいにお話しておきましょうか。

たとえば長篇の場合、先生のは意図して意図せずというか、最初にさりげなく振っておいたものが、あとで活きてきたりとかしてますね。いわゆる伏線とも、ちょっと違うようなな……。

加賀 しょっちゅうありますね、そういうことは。

岳 そこが分からない人は、短いものしか読めない人でしょうね。

先生の『永遠の都』の中にも、いくつか「あれ？ この話、短篇小説になるよな」みたいなエピソードが出てきますが、あれもしかし、長篇の中だからこそ活きてくるんでしょうか。

例をあげると、なみやという女中さんが悠太の父の悠次と出来て、気が狂ったようになるじゃないですか。あれなんか、芥川的な発想で、あの狂乱ぶりのところだけを描いたら、それこそ芥川ばりの好短篇になるかもしれないですよ。

加賀 そうかもしれないですねぇ、本当に。

岳 あと文体で言えば、文庫本の付録の栞の中で大江さんが指摘していたような、ナラティブっていうんですかね。ナラティブっていうのは、話術とか話法とか、そういった言葉だと思っていたんですが、広辞苑を引くと、ナラテージュってフランス語が出てきますね。それだと、映画での回想的な手法、といったふうに書いてありました。『永遠の都』で、そういう映画とも違う独特な手法が最初に出てきたとき、僕は驚きました。ナラティブって、必ずしも人称のことじゃないんですよね。

加賀 人称も変えるし、文体も変えるんです。要するに、喋り方を変える、というのがナラティブなんです。

一人称であったり、三人称であったり、ときには二人称もあるわけですけど……そして、あるいは過去の自分、今の自分というふうに分裂することも出来るし、たくさんの人間が横並びに全部違うというふうに書くことも出来るわけです。

それはね、僕の感覚では、絵とそっくりなんです。絵画の世界と、ね。

絵画の世界では、一つの小さい静止画も描けるし、大きなものも描けるじゃないですか。大きいものを描こうとしたら、たくさんの人物を描こうとするでしょう。そういうのは、小説の世界に非常によく似ていると思うんですね。

どっちが好きか、嫌いか、っていうのは、画家の性格や好みしだいですし、むしろ違わなければおかしいわけですが。

岳　小さな絵を好むか、大きくて多様な絵を好むか、ですね、

加賀　僕の場合は、もう一つ。

たくさんの人間が全部違う性格で、少しずつずれているっていうのは、精神科医を二、三年やっただけで、とても強く感じたことです。人間というのは大変な作り物で、一人一人みんな違うなぁ、と。そういう感覚があったのと、もう一つ、人間の性格っていうものは、万国共通で。これはずっとあとで話すつもりだったのだけれど、先に話しますね。

僕は十六、七歳で夢中になって本を読んでたとき、いちばん最後に到達出来たのが、ドストエフスキーなんですよ。

ドストエフスキーの作品で『死の家の記録』っていうのがありますよね。シベリアに十年の流刑を受けたある貴族の話。ドストエフスキー自身の刑は四年だったんですが、十年の刑を受けた人に乗り移って、獄中のたくさんの悪人を書いている。窃盗犯もいるし、殺

人犯もいるし、詐欺犯もいるし……。

そういう人たちが、それぞれ過去に悪いことをしていながらも、全部性格が違う。狭いところに、うようよしている。足には重い鎖と枷をつけられて、身動きが出来ない。来る日も来る日も同じ仕事をさせられる。主人公はすでに五、六年もやってるんでしょうかね。その間に見た、たくさんの類型があるんです。ああ、これは窃盗犯によくあるな、というものもあるし、殺人犯のような非情な人間でありながら高度な勉学に励む知能が高いやつもいるし、その下に小間使いのように仕えて、人の顔色をうかがってお金をもらおうとする男もいる。そうかと思うと、獄中で酒やたばこを売るなんてやつもいる。

あれをずっと読んでいて、「待てよ」と思ったんです。

ドストエフスキーはこんなに凄い、いろいろな人間を書き分けているというのは、彼の想像力、イマジネーション、ファンタジーの力が凄いのか、それとも、彼はそれだけ人間を詳しく観察しているのか、どっちかだと思った。

岳　ははぁ。先生の仰有りたいことが見えてきました。

加賀　その頃、ドストエフスキー論というのは、どっちかというとイマジネーション説が多かったんですよ。

イマジネーション説でいくと、彼は天才的な人間で、どんどん、いろんなタイプの人間を想像し、創造できるんだ。だからあんな『死の家の記録』みたいな素晴らしい小説ができるんだ、という説が日本では優勢でした。

だけど僕はね、「ちょっと待てよ」と思った。その頃、僕はすでに犯罪学をはじめていて、拘置所でたくさん人を見ていましたからね。そうじゃないんじゃないか、と。

この人たち、たとえば窃盗犯、詐欺犯というのは、ドストエフスキーが書いたような性格が出ているし、死刑囚になると、残酷きわまる犯罪を犯しながら、非常に広い視野で世の中を見ているインテリもいるしね。

要は、日本も同じなんですよ。

だんだんと拘置所で人間観察をするあいだに、僕は、ドストエフスキーは観察魔だと思うようになったんです。そして、僕もそれをやろうと思った。真似してね。

だから、僕がやったのは、日本の監獄で、たくさんの犯罪者を見る。そしてそれを、きちんとノートに取ったんです。

岳　その結果が、一つは文学大賞の『宣告』みたいなかたちになっていくんですね。

加賀　そうです。そして、たくさんの相手を調べるとき、必ず同じところを見ようとする。たとえば、目の瞬きのやり方とか、鼻の形とか、そういうものはきちんと絵に描いて保存したんです。体格、喋り方、それから性格ね。

爆発的な性格というものは、あるんです、壁を叩いて、血だらけになって騒ぐ、という人もいますしね。

岳 顔とか体格が似ていると、声とか性格まで似ている、ということもありますものね。

加賀 そういう世界を記録していったんです。それで、ドストエフスキーもそうだったんじゃないかな、と思いました。それで、ひょっとしたらって調べてるうちに、トルストイもそうだったってことが分かってきた……お父さんや息子をよく見ているとか、そういうことをきちんとやっていますよね。

ドストエフスキーの場合はちゃんと、そのスケッチブックも残ってますからね。『カラマーゾフの兄弟』を書く前に、『作家の日記』っていうのを書いてますよね。あれは全部、法廷に行って、どんな殺人犯がいるかっていう研究をしているわけです、彼は。それは『カラマーゾフの兄弟』の中に上手に使われていますよ。

そうするとね、人間のファンタジーとかイマジネーションっていうものは、たかが知れてる。神様がつくった自然のね、バラエティのほうが面白いですよ。

そういうことに僕は気づいたんです。

岳 じつを言いますと、僕は週一回、大学で英語の教師をやってるんですが、もともと翻訳をやっていたわけですよね。

翻訳読本みたいな、翻訳の仕方、書き方の本も出しているんですが、そこに書いたのは、要するに、外国の人も、日本人も、今は衣食住すべての生活形態も似ているし、そうなると身体つきなんかも一緒になってきて、性格やいろんなことが似てくる……だから観察というのは、翻訳の場合にも重要だと僕は言ってるんですね。

翻訳をするのにも、ただ字面を追うのではなくて、想像力と観察力の二つが必要なわけです。

加賀　必要、必要。いやぁ、ドストエフスキーがいなかったら、僕はあんなに一生懸命に刑務所で働かなかったと思うんですけど。

岳　『永遠の都』で言っても、たとえば病院にも、いろんな人がいるじゃないですか。あれはやっぱり、イマジネーションだけじゃ書けないなと思いますよ。

あと僕が好きだった、というか、先生の作品ですこぶる迫力があるなと思ったのは、ナラティブも関係してくるんですが、日露戦争から関東大震災、昭和に入って二・二六事件とか、日米開戦。あとは、空襲ですね。

空襲なんて、凄かったですよ。まるで自分が現実に、空襲に遭ってるみたいなね。いろんな視点から、何月何日、誰が何をどう目撃して語る……というのが、どんどんどんどん動いていくじゃないですか。これはやっぱり、おのずと自分もそこに入り込んじゃいますよ。

描かれているのがたった一人、あるいは話者が一人きりだと、その一人についていくばかりで、その人と、読者である自分が合わなくなると、違和感が生じるんですよ。意見や考え方の相違なんかも感じる。

それが、右でも左でもない、戦争肯定派も戦争否定派も、両方が先生の小説には出てくるわけです。まぁ、先生自身は戦争反対のほうだろうと思っていても、肯定派も普通に作品中には出してくる。

その辺が、逆に説得力がある、というふうに感じましたね。

加賀　有り難うございます。そういうふうに読んで下さると、じつに嬉しいですね。

岳　僕なんかの考え方は、晋助とか悠太に近いですけどね。

加賀　ドストエフスキーを読んでなかったら、僕はこういう書き方はしなかっただろうな。だからドストエフスキーは僕にとって、神様みたいに偉い人です。いろんなことを教わりましたよ、彼に。

岳　僕は自分も翻訳をやるから、すっと入っていけるんですが、悪口を言う人からすると、これは翻訳文体だ、みたいなことを言う人がいるのかもしれないですね。

加賀　そうですね。でも、僕はそれでもいいと思ったんです。だって日本のように、外国の小説、古典小説を何でも翻訳しちゃうっていう国はないですよ。

だから、中国の魯迅がね、宮城まで行って、医師になろうと勉強をするわけですが、彼は医学より文学が好きで、文学は日本語でもって世界中のものが訳されてるって分かって、こんな凄い国があるのか、と歓喜した。もう夢中になって、いろいろな本を読んで、そして作家になっていったっていうね。

日本語のおかげですよね、魯迅が作家になったっていうのは……魯迅自身が書いてますよ。日本に医学を学ぶために留学しなければ、自分は小説家にはならなかっただろうって。彼も、お医者さんですよね。

そういうのがあって、ああ、医者をやりながら小説を書く人がだいぶいるなぁということは、何となく考えました。たとえば、チェーホフも医者でしょう。

岳　確かに、多いですね。医者と作家。身体を見るか、心を見るかというか……どこか似ているのかもしれないですね。

シチュエーションは現実から

岳　やはり、先生はメタファーがたいへんお上手だと思います。それも適切な比喩が自然に出てきますね。具体的にどこかっていうのは、また別の機会に指摘させていただきますけどね。

あと、ときどき、トリッキーですね。読者を驚かすところがある。『永遠の都』の中で、晋助なる人物がいない、フィクションだったっていうのにも、びっくりしましたけど、僕は、五郎が最後の最後、土壇場まで利平の実の子だと思っていました。そういう読者は多いんじゃないですか。だから、ちょっと先生、ヤンチャだなって思いましたけどね（笑）。

そういう話も、これからしていこうかな、と。

しかし、この『永遠の都』っていうのは、主人公とまでは言わないけれど、中心に、時田利平が仁王様みたいに立っている。あんなに魅力的なおじさんは、そうはいないですね。「僕がモデルじゃないですか？」なんて、ふざけて言ったことがありますけど、本当に僕みたいに傲慢な部分もあるし、いろんな面があって（笑）。

この本は文学、芸術、宗教、歴史、社会問題、すべてを包括しているように思います。昔、全体小説というような言い方を、小田実さんあたりが言っていましたが、僕はもっと進んで、「完全小説」みたいな感じがしないでもないですね。

それでいながら、反戦小説という見方をすれば、そうも取れる。名目なんか要らない、どんな戦争も厭だという思いにさせられますね、空襲のシーンなんかを読んでいると。

歴史時代作家をやっている私から見ると、最初の日本海大戦から昭和の敗戦まで……まさに昭和二十二年、憲法発布で終わっている。やはり、そこにも意味があると思います。私はその二十二年生まれ、憲法発布から半年後に生まれてるんですね。そういうことからも、意識します。

先生としては、出してしまった以上、誰にどう読まれようと仕方ないんでしょうけれど、誰にどう読まれたい、というのはありますか、この小説全体を。

加賀 それはね、あまり考えていないんですよ。

作中の五郎というトリックスターは、あちこち駆け巡っているような人物で、中心には利平がいます。その二人の確執とか、愛情とかっていうもの……五郎は利平をとても好いているわけですよね。最後まで世話をします。

現実の話をすれば、僕の幼年時代に友達だったある人が、利平の子どもだと言われてました。それが、じつはお坊っちゃまなんだけど、下働きをさせられていて。僕はずっと遊び友達だったんです。

そういうことがあって、昔から何か身体に異常があって、ということが可哀相というよりは、何か特権になっているっていうか。みんながそれを知っていて、でも何も言わない。

僕が遊んでいると、五郎も一緒になって遊んでくれる、というような人がいたんですよ。そんなことがあるから、自分の幼年時代の思い出が、そこに重奏となって入ってくるわけですね。そういう意味では、実体験があるんです。人間関係のほうになると、もう少し意図が複雑になってきて、そこはフィクションにするしかなかったんですね。

それだこれだを使い分けているうちに、渾然一体になりますよね、どうしても。「おおい、五郎ちゃん、また助けてくれ。この辺で登場しろ」ってなもんで(笑)。

岳　先生、それはまるでヒンドゥーの思想ですよね。僕はインドに一年くらいいたんですけど、インドってそうなんですよ。エレファントマンみたいに、ああいう変わった異形の人物は、たいていみんな神様なんですよ。

加賀　なるほど。

岳　『永遠の都』の菊池透は戦争で片腕をなくしてしまいますが、そういう異形の人物っていうのが、この小説の中でまさに異彩を放ちますよね。

加賀　まぁ、そういうことに加えて、やはりいちばん組み立ての底にある事件っていうのが、関東大震災のときの朝鮮人への虐殺行為。あれは、どれくらいの人が殺されたかっていうのは、今となっては誰も分からない。でも、かなりの数の人たちが殺されたっていうことは確かですよね。

その事件と、祖父さんのところにいた、五郎の本当のお父さんっていうのも、私はちょっと知ってるんです。片足がない男ですね。お酒飲みで。
そういう何ていうんだろうな、貧乏な人で、日本人じゃない……手術をして足を切っちゃったなんて人を、祖父さんは召使いに使ってたわけ。仕事がないだろうから、うちで働いてみろ、と。祖父さんの要望に応えて、みんな、それなりに一生懸命働いてくれるんです。

そういった人たちを、僕はプールしてたんですよね。それらをかなり整理して、一つの家系にまとめたのが、僕のフィクションなんですけど、雰囲気としては、そういうものがあった。

そんなところに、もう片足で使い捨てみたいな人間になっちゃったんだけども、しかも朝鮮の人だけれども、俺のところで働けば、そこそこの給料は出してやるよっていう優しい心が、祖父さんにはあった。

岳　いろんな面をもった人ですね、利平というのは。根は優しいというか。

加賀　金儲けには夢中になるけれど、患者さんに対しては、とても温かい部分がある。

岳　そういう患者さんへの思いは、先生ご自身とも重なりますね。悪い面は何故か、この私に似ていたりして（笑）。

加賀　他人への細かな気遣いなんかは、祖父さんの良いところだと思うし、それを書いてみたいというのは、長いこと思っていたんですよ。でも、なかなか書く暇……いや、書く手段がなかったんですね。

つまり、連載してくれるところもないし、そうすると、初めっから長い小説を書いちゃって、どうしようもないという感じになるのかなーとか、ね。

だいたい、普通は連載小説ではない、書き下ろし小説ということになりますでしょう。でも、これはたぶん、書き上げるまで五年はかかると思ったんですよ。そうすると、五年間は無収入でしょう。それは、ちょっとまずいなぁ、と。

そこで「新潮」の坂本（忠雄）編集長に相談したら、しばらくして「面白いかもしれないですから、とにかく三百枚くらい書いて読ませて下さい」と言ってくれたんです。

結果、三百枚ほど書いたんですが、そのときは出たとこ勝負で、細かいところまで全部どうするかとか、未来にどうするかなどは全然考えず、身近にいる父と母と自分をモデルにして書く……だけど書く以上は、母親の視点から書いてみようっていうのが、最初の発想でね。

岳　ふーん。たいへんな種明かしを聞いている気がしますね。

加賀　そして小説がはじまって、迷子になった子どもが出てくる。私の分身みたいな子どもなんだけれど、その子が何をしてたかっていうのは、人生初の恋をしていた。というのは、ずっと親には秘密にしておこうと……この二つの方法で書いてみようと思ったんですね。

岳 何か、読者としては、それほど単純なものではないようにも思われますけど。

加賀 いやいや。子どもにとっては、初恋は初恋なんです。でも、そのことについて、父親はまったく無関心で、母親が一生懸命になっています。

だから、この夫婦二人の微妙な会話があるわけで、土曜日なのに麻雀しに行くっていう。あれはじっさい、そういうことが、うちであったんですよ。麻雀に行って、主人がいないものですから、母親は子どもたちを連れて、お里帰りをする。そこで、祖父さんにしょっちゅう会う、というシチュエーションが出てくる。それは事実なんですね。

事実なんですけれども、その事実の中にすでに、祖父さんが日露戦争のときに何をしてたかっていうことは、僕は祖父さんの日記帳をずーっと……日露戦争から戦後まであるんですが、これはもう、几帳面に書いている日記帳があって、それを読んでいると、基本は母親の視点だけど、祖父さんの視点がだんだんに入ってくるんですね。

そのときに日記とかにある、このエピソードは使えるなっていうのはちゃんと取っておいて、ということはやりました。

私の父親っていうのは、どういう人間かっていうと、几帳面なサラリーマンで、麻雀気違いで、あとで出てきますが、八ミリカメラに夢中になっているとかね。そういう人だったんです。

岳　ヨーロッパとかアメリカとか、外国にも旅行したんですよね。すごいですよね。

加賀　あのころ、外国旅行に出かけるっていうのは、たいへんお金がかかった。だから、一サラリーマンでありながら、けっこう資産を持っていて。楽な生活をしていて……そういうシチュエーションっていうのは、現実のものでしたね、実家の母親のシチュエーションも、まったくそのままだったし。

今の若者に読んで欲しい

岳　そうか、最初は三百枚くらい書かれたんですね。長篇というより、それだと中篇くらいかな。「新潮」の坂本編集長は、けっこう厳しくなかったですか。面白いことに、僕も坂本さんが担当だったんですよ。

加賀　あのね、最初、三百枚読んだときに「いい！」って言うんです。「これで、最終的に何枚になるんですか」って聞かれたから、「さぁ、今まで一番長いのが千五百枚くらいだから、そのくらいかなぁ」って答えたんだけど、「いや、この書き方は、そんな枚数ではいきませんよ。もう二、三千って感じだなぁ」って言うんですよ。
あれは凄い眼力ですね。小説についての。

岳　そうですよ。坂本さんの小説に関する眼はほんと、するどい。

加賀　そして連載の条件はどうするとか、一枚原稿料いくらでとか、取材費はこうしましょうとかを話し合って、契約を結んで書きはじめた。
そしたら、編集長の坂本さんが全部読むんですよ。月に五十枚、全部読む。文章の表現について、あの方は、「ママか」「ママもまた可か」「これはいかがか」なんていうふうにね、原稿のわきに鉛筆で書いてくるんです(笑)。

岳　昔気質の編集者ですよね。僕もさんざんやられました。

加賀　もう本当に的確な批評なんですよ。

岳　最初の読者ですからね。

加賀　文体からシチュエーションから、性格から、いろんなものを全部見てて、なんと十二年間、ずーっと編集長が見てたんです。あれは大変だったと思いますよ。最初の約束ですから、終わるまでって。
終わったときには、坂本さんは定年退職しちゃってた。でも、僕の作品だけは見に、会社に来てたんですよ。

岳　僕、今、毎週会ってますよ。たまたまですけど、高田馬場のアスレチックジムで、一緒に走ってます（笑）。

加賀　だからあの、素晴らしい編集長がいなければ、僕ももう途中で挫折してたかもしれないですねぇ。がんばってくれたし、いつも細密な読書をしてくれて。

一番最後のシーンなんていうのは、坂本さんのところへ最初に持っていったものは、「あんな長い小説を、こんなふうにパッと終わらせちゃ駄目だ。もっと親密に」ってね。夏江と初江が、横浜の埠頭で話をする場面……。

岳　僕、あのシーン大好きですよ。

加賀　あのとき、カモメがね、ずーっと列をつくって飛びますよね。あれは、アメリカでものすごい大群を見たんですが、その光景を使って。それに、死者の思い出という設定を考えてね。

そして書いたものを坂本さんに見せたら、「とてもいい。終わりましたねぇ」と言ってくれました。

岳　理屈を書かないでも、「戦争はいやだ」っていうことが、とってもよく分かる最終シーンだと思いますね。

今日の対談はまだ序盤なので、細かいことは後にしますが、最近亡くなった作家の野坂昭如さんが「今はもう戦前がはじまってるんじゃないか」というようなことを、ご遺言のように言い残された。

今、いろいろな戦争法案が通ったり、怖いじゃないですか。

加賀 怖いですね。

岳 こういう時代に、声高に「戦争をやるな」と叫ぶんじゃなくて、戦争とはどんなものかっていうことをね。とくに若い人たちに知って欲しい。

この『永遠の都』は、五分の一くらいが戦争シーンですよね。あの激しい空襲のさなかに、悠太の母親の初江が倒れてリアカーで運ばれるみたいな……あんなシーンを読んだら、誰だって戦争なんか、厭になりますよね。

その辺のところがありながら、利平みたいに、ああいうかたちで日本はこれまでやってきたんだから戦争は当たり前だ、という人の気持ちも書いている。そのあたりが、逆に良いと思うんですよ。

一方だけだと、かえって嘘みたいになってしまいますから。絵空事というか、唄って踊って、さぁ平和、じゃ駄目なんですよ。

先生と僕は、同じ日本文藝家協会の理事ということで知り合って、その後、脱原発の活動も一緒にしていますけれど、そういうことと結びつく部分もあるんですかね。直接的にはないでしょうけど。

加賀　そうですねぇ。戦争というのは、第一次戦後派の人たちが書いて、その中には素晴らしい作品が多いんですが、もちろん野間宏からはじまって、椎名麟三、武田泰淳、それから大岡昇平。こういう人たちのあいだに混じって、異色だったのが一人だけいたんだけど、その方はのちに自殺しますね。

岳　三島由紀夫のことですか。

加賀　ええ、その通りです。

まぁ、そういう人たちの戦後派文学を読んでみたときに、僕は「新しい時代が、これで来たぞ」と思ったんですよ。多くの人が戦争について書いている。それは外国でも同じで、サルトルもそうだったし、そういうものが戦後派のものより先に出ていた。

たとえば、『嘔吐』っていう作品の翻訳は、先に出てましたから……これは日本でも、たいへんな売れ行きでした。文体の妙とか、公園で木の根っこを見るシーンなんかは斬新で、とても新しい小説が生まれてると思ったけど、日本でもそういうことはありました。いちばん驚いたのは、安部公房ですね。これは天才が出たぞ、と思ったんですよ。僕にあの世界はまったく書けない。

岳　僕も書けないいな（笑）。

加賀　安部公房さんは僕と五つ違い、東大の医学部で先輩なんですよ。加藤周一がそれよりまた五つ年上なんですよ。加藤さんと僕とは十歳違いでね。三人とも、医者でありながら小説を書いている。加藤さんもあのころ、小説を書いていましたから。

何だか不思議な気がしましてね。お付き合いもしましたし、僕の先輩で二人、すごい作家が出たんだっていうのは、励みになりました。同じく医者の世界を描くという意味では、通じるところもあったんでしょうけど。

砂上の楼閣？

岳　ちょっと話題を戻しますが、なぜ僕が先生とこうしてお話したいと願ったかというと、今こそ、この小説『永遠の都』は大事だ、と思ったからなんです。

僕らなんかも、戦後生まれで、戦争を経験していません。でも、祖父や父親などから話だけは直接、聞いているじゃないですか。

今、どんどん若い世代が生まれて、そうした話を聞くこともないままに育っていくわけですよね。さっきの野坂昭如さんじゃないですけど、今の時代、若い世代に残しておかなければならないのは、戦争の「記録」ではなく、「記憶」だと思うんです。

この『永遠の都』には、日露戦争から日米開戦、そして終戦、八月十五日に至る戦争の「記憶」が、かなり詰まっていると思うんです。だからこそ、若い人に今、読んでもらいたいと思います。

加賀 そう言ってもらえると嬉しいですね。僕が死んだあとの、若い人たちに読んで欲しい、とかねがね思ってましたから。

これまでの戦争を描いた文学というのは……たとえば第一次戦後派の人たちは、日本から出て外国へ行って、中国とか南の島とか、フィリピンだとか、そういうところで戦争をした姿を描くわけです。

でも僕らは、内地にとじこめられた状態で戦争をしていたわけです。これが、いかに大変なことか、というのを描きたかったんです。

第一次戦後派の人たちは戦場のことを描く。私は内地にいて、主役になるのは女性だと思った。あるいは、身体に欠陥のある人たち、兵隊になれない男たち。そういう人たちを描こうと思って書きはじめたんです。

そういう異形の人たちは、戦争には取られないけれども、内地にいて苦労したわけです。戦時中の日本は、そういう人ばかりになっちゃったわけ。

だからあれは、もちろんフィクションの世界という問題はあるんだけれども、あのとき日本に残っていた人の中には、身体障害者が多かった。病院、とくに外科病院にいると、それがよく分かるんです。身体の不自由な人が患者さんにも多いし、職員にも多い。障害のある人たちは、兵隊には取られないので、職員として使うことが出来たんですね。異形の人っていうのは、そういった自然なシチュエーションなんですよ。僕が個人的に、異形の人に興味があった、というだけではなく、ある時代の事実として多かったんですよ。働いてる人たちの中にもね。

岳　それらの異形の人たちを描きながら、ときどき将校や、あの頃の政治家、実業家なんかも出てきて、戦後になると、「これからはアメリカ流の民主主義だ」とかって言いだす。そんなふうに、ころっと変わったりする人間をも、割とシニカルな視点ではあるけれど、しっかりとお書きになってるな、とも私は感じました。

加賀　それはね、主人公の利平という中年が、日露戦争、日清戦争の記憶をもって銃後を守る老人になっていく、という設定であるから、非情に自然に、ああいう形になったっていう感じはあるんですよね。あのようなバラエティのある人たちが、じっさいにいたわけで……。

ああいう人たちがいたという確かな証拠は、僕自身が利平の病院にしょっちゅう行ってましたからね。母親の実家ですから。足を引きずりながら歩いてる人や、どこか患っている人とかね、あちこちにいたんです。
風俗としても、特異な風俗を描いたわけではなく、現実に僕がそういうものを見てきたわけだから。そのぶん、リアリティがあるわけだろうと、ね。

岳　「砂上の楼閣」という言葉がありますよね。「永遠の都」の裏返しに、「砂上の楼閣」という言葉が思い浮かびました。

加賀　そうですね、砂上の楼閣なんですよ。その病院を記録したのは、五郎という画家が、絵として出力しただけで、他の残された人たちは誰も知らないんですから……僕が小説を書かなければ、知られることのない出来事というのがあった、ということですね。

岳　まぁ、どうも結論から先に言ってしまうといけないのでね（笑）。

第二部

加賀文学の魅力——文章と文体

バルザックとスタンダール

岳　社会的歴史的な問題は重要なんですが、これはあとに取っておくとして、今回は文学的なテーマ……文章や文体について、メインにお話したいと思います。

『永遠の都』文庫版に付いていた大江健三郎さんと先生との対談のなかで、大江さんは、こういった人生を正面から文学に表現している作品は日本では珍しい、と言って褒めていましたね。

私も最初にこの作品を読んだときに、珍しい小説だと感じましたが、その感じ方はちょっと大江さんとは違うかもしれない。加賀先生には直接、そのおりの印象をお伝えしましたが、たいへん柔らかい文体だと思いました。

羽毛のようなものでこう、首すじのあたりを撫でられるような語りかけからはじまっている。それが、読み進むうちに、ずんずん重たくなっていくわけです。羽毛のように柔らかなものが、やがては虎の牙のように鋭くなって、突然に襲いかかってくるというところがありますよね。そういうところが面白く、また希有な小説であるな、と感じました。

描写が真に迫っていること、ディテールをほんとうに細かくお書きになっていること。

そこがとくに、大きなポイントですね。

今回は作品の部分部分をコピーしたものを持ってきましたので、それを見ながら話していきますが、まず小説全体の冒頭からして、こうでしょう。

風が光り新緑が泡立った。風を含んだ五月幟が三匹、身をくねらせ競い合って急流をさかのぼっていく。花は乱れ砂煙が舞った。砂場にいた駿次が土埃にまかれて目を押えシャベルを投げだす。そのままひた走りに母のもとに来た。

「おかあさん」と泣きべそをかいている。

「目にゴミが入ったのかい」

「ううん、ぼくおなかすいたの」

「おやおや、すぐお昼にしようね。でもおにいちゃん遅いねえ」

このあと、主人公とおぼしき悠太が家に戻ってこないので、ちょっとした問題になるのですが、描写から入っていってすぐに動きに移り、さらに会話という、ある種オーソドックスではあるんですけれども、いろいろとメタフォジカルな技法も使っていて、ここは素晴らしい出だしだなと思いました。

この冒頭は、すっと決まりましたか。

加賀　いや、もう大変ですよ。いくつもバリエーションをつくって、最終的にこれにしたんです。すっと出てきた文章ではないですね。

ただ、すっと出てきたように書くということ。あと、僕の場合、つまりこのような長篇の場合は、読者が作者の書きたいものをすぐに摑んでくれるという文体が必要なんです。バルザックのように、家の形から、人物の顔の形、全部書き込んでいくというような、細密な描写は必要ないんです。

そうじゃなくて、この時代と登場人物を、もっとも鮮やかに示すような言葉を探しだして、いきなり心理描写に入っちゃう……情景描写っていうのは、ほとんどない、いわばスタンダールの文体なんです。

岳　バルザックとスタンダール。この二人の作品は、まったく違う文体ですよね。

加賀　はい。スタンダールが『パルムの僧院』を書いたときに、バルザックがそれを読んで、スタンダールに手紙を出して、二人の交流がはじまります。

そのときにバルザックが、「これは素晴らしい小説だ。ただ、あまりにも素っ気ない。もう少し飾って、情景描写をすべきだし、あなたの文章はポキポキ切れてしまうけれど、切れるたびに読者はもう一度考え直さなきゃいけない。そういうふうに書くのは良くない」というようなアドバイスを、先輩として書いたんですね。

するとそれに対してスタンダールは、「私は、先生のおっしゃるように、描写をするために書いているのではありません。私の文体というのはすべて、口述筆記で書かれている。そして読者は素早く、ずーっと、なんの抵抗もなしに読んでいく。それが長篇の文体だと思います。私から言わせてもらうと、先生の文体は、読者の考え、読み取りの力を奪ってしまう。読みにくい。それは、私にとっては古い文体です」というような返事をしています。

岳　たいへん面白いやりとりですね。

加賀　スタンダールには、「私の小説には、女の着ているドレスについて一言も書いてありません」という面白い言葉があるんです。例の手紙でも、「先生（バルザック）は、ドレスについて延々書くけれども、私にはそれは必要ないんです」なんて言ってるんですね。それから、「顔の描写もほとんどありません。まして、部屋が何畳くらいでどうなっている、という描写もありません。動きだけです」とも……。

大岡昇平さんが、二人のやりとりを訳して、スタンダールとバルザックに関する本を書いていて、二人の文体を比べた訳もあるけれども、僕はいわばスタンダールを真似たんです。

ちなみに大岡さんの『野火』も、動詞でぽんぽん進んでいくから、非常に読みやすい。あれはスタンダールの文体を使っているんですね。

僕の場合は、ある程度、自然描写や人物の描写はあるけれども、なるべく情景描写にすっと移す。動きに移る……それを意識しています。

岳　さきほどの冒頭もそうですね。

加賀　意識的にやってるんですよ、じつは。「泡立つ」「身をくねらせる」「急流をさかのぼっていく」「舞う」。みんな動詞なんですよ。そのあとにつづく「投げだす」「ひた走りに」も、そうです。

岳　なるほど。そして、ここからもう会話に入っていくんですよね。よく考えたら、工夫されているなと思うんですけど、すーっと入っていくので、非常に読みやすい。

メタファーの力

岳　せっかくですので、ここで僕がこれは上手いなと思った部分を、いくつか引用して紹介しましょう。

たとえば、こんなところです。

ぼんぼん時計が零時半を打ったとき、表の通りでトラックが地鳴りをおこし、汲取屋の馬の蹄鉄があざ笑った。

こういったメタファー、比喩が、先生の小説にはよく出てくるんですね。この少しあとにも、こういうのがあります。

大通りは、澄明な真昼の陽光を浴びて鯨の背のように黒々と光っていた。

ほんと、メタファーが活きていますよね。

大江（健三郎）さんや三島由紀夫なんかも、メタファーをよく使います。僕も一時、真似しようと思ったんですけど、比喩というのはものすごく難しい。変に使ってしまうと、逆効果になるので、なかなか使えない。その点『永遠の都』では、さすがだなぁと思わされるところが、たくさんありました。

たとえば第四章「涙の谷」にある、つぎのような件りです。

初江は、一斉に剣を突き出す、歩兵部隊のような水平線を眺めた。この強風のさなかに一艘の漁船がよろよろと進んでいる。艪をこぐ人の形が、波の加減で、点滅する感じで見える。

これは、すごかったですね。

ここのところは、さきほどのような、わかりやすい比喩じゃないんですけど、このときの状況にたいへん合っているんですね。戦時中の、それも敗戦間近の混乱した時代が背景にありますから……「一斉に剣を突き出す歩兵部隊」というのは変わった比喩なんですけど、この場面にとても合っています。

この作品には、こういった箇所がたくさんあるんですよね。

つぎの引用は、直接的なメタファーは少ないのですが、広い意味での比喩が活きているところです。

札ノ辻の陸橋の上に来た。海からの突風にあおられて、姉妹は欄干に身を寄せた。また埃に目を撃たれそうで初江はぎゅっと目を瞑った。耳翼が風をはらんでぼうぼうと唸っている。その唸りのなかに何かまがまがしい気配を感じて、薄目を開いた。街

が傾斜面を滑り落ちていくような気がした。

読んだとき、本の余白につい「上手い!」と書いてしまいました。ありゃ、汚しちまったな、とあとで後悔しましたけど(笑)。

加賀 私の保証の限りではありません。いや、ありかな(笑)。

岳 それはともかく……さっき紹介したのと似たような部分なんですが、これにも感心させられました。

石段を下りて歩道へ出た。鈴懸並木の影が鑿で刻印されたように濃い。南北に走る広い車道は東側の家々の影で中央できっかり二分されている。その日の当った部分に、おびただしい馬糞が金色に光って、蝿が群がっていた。

描写と比喩とが、上手く合わさっている。比喩だけではなく、それぞれの言葉に、そのときどきの登場人物の心境が活きているんですね。無理にこしらえた比喩だと、こうピッタリとは合わないんです。

先生は、比喩を使うときは、いかがでしょう。かなり考えますか?……自然に書かれているようで、じつはひどく悩んで、一晩中考えたとか。
たとえば、「蹄鉄があざ笑った」なんて表現は、自然に出てくるんですか？

加賀　うーん、自然に出てくるんじゃないですかね。比喩、メタファーは、わりと簡単に出てくるなぁ。

岳　それは、すごい。やっぱり音楽のように、どこか天上から下りてくるんですかね。僕は最近、あんまりそういうのが下りてこないんで（笑）。

加賀　あまり意識していなかったけど、こうして見ると、なかなか良い文章ですね（笑）。

岳　たとえば「一斉に剣を突き出す、歩兵部隊のような水平線」なんて表現、ふつうは出てきませんし、読んだほうも一瞬、「えっ！」となりますよね。前後の流れがないと、意味がないんです。
ここでは、クリスチャンで戦時中は官憲によって拘禁されていた菊池透の境遇などの背景があるから、この比喩が活きてるんですよね。
そのあたり、非常に巧みだなぁと思いながら、読んでいました。

加賀　この比喩はなかなか良いですね。自分で書いておいてなんですが、改めて感心しています（笑）。

岳　書いてからしばらく経つと、まるで他人の文章のように見えてくることもありますよね。

加賀　そうですね。発見していただいて、有り難うございます。

岳　いえいえ（笑）。

では、そろそろナラティブのほうに話を広げていきましょう。

音楽でいう「フーガ形式」

岳　最初に申しあげたように、大江（健三郎）さんも面白かったということで取り上げていましたが、私がいちばん大きく感じたのは、「人称」の問題ですね。人称の難しさ……私はもともと私小説を書いていたので、「私」という一人称で書く小説が多かったんです。ところが歴史時代小説となると、どうしても三人称のものを読者が求めているので、そうなってくるんですよね。これまでに一度だけ、『家康』を書いたときに「某」という形で書いてみたことはあるんですけれども。逃げて、堪えた家康こそが天下を取る、といったテーマでして。

いずれ、三人称で書いていても、僕の場合は結局は「私」の意識で、その人間に寄り添っていっちゃうんです。

先生の場合、ナラティブがどんどん移っていく。そして先生自身が話し手とかに同化するというよりも、どこかでそれを、楽しんでいるような感じがありますよね。

加賀　まぁ、そう見えて、不思議はないでしょうね。

岳　最初に私が「えっ」と思ったのは、第三章。ここで、三人称が突然、一人称に変わるんですよね。「僕」、つまり悠太になる。加賀先生にいちばん近い人物でしょうね。悠太の視点に変わる。しかも、悠太が子どもの頃を回想するような形ですね。

これはやはり、大江さんとの対談でもおっしゃっていましたが、かなり考えたものなのでしょうか……それとも、これも「今度は『僕』の視点にしてやろう」と自然に書かれたんですか。

加賀　これはね、人生最初の記憶っていうのを書いてみたかったんです。悠太という主人公の。すると、「オンモ」っていう言葉が急に出てきた。東京弁ではよく使うんだけれども、外へ行くっていうのを、子どもは「オンモ」って言うでしょう。逆に田舎の人は、それを聞いてもよく分からない。この言葉には、そういうぎくしゃくした感じがあるんです。そして何か、どこか暗い中にいる、っていうイメージ。これは、僕の本当の遠い記憶なんですよ。

岳　この章までは、三人称で悠太の母親の初江あたりを中心に書いてきていますよね。それがここで「僕」に変わるのは、何か理由や思惑があるんですか。

加賀　ええ。ここで、章が変わってますよね。この「小暗い森」という章では、悠太、すなわち子どもの中へ、いきなり入っていくわけですね。

そうして悠太の視点から見たものが、いかに母親の見たものと違うかっていうところを書きたかったんです。よく母親が子どもに対して、いろいろ「ああでしょ」「こうでしょ」と言うけれど、子どもからしてみたら、それらは全部、的外れ。そういうことを書きたかった。

そこで、第三章だけは一人称で書いたんです。

岳　急に人称が変わると、読者も戸惑うように思いますが、だんだんとそれに慣れてくるんですね。後半になると、もう違和感がなくなっている。

あとで出てくる、日記のような利平の回想。あれは正確には一人称ではなかったかもしれないけれど、利平が「俺が」という形で語るわけです。でも、もう、その頃には、読者は違和感を覚えなくなっていますね。

そして、先生の作品の面白いところは、章でナラティブが変わる、というだけでなく、項で変わる、ということもある。さらにいえば、数行で変わる、という箇所もあるんですよ。たとえば大地震のとき、二・二六事件のとき、空襲のときなんかは、昼の何時何分、誰それ、夕刻の何時何分、誰それ……と、いきなり変わっていく。

でも、この第三章「小暗い森」の時点で人称が変わっているおかげで、あとのほうで人称が変わっても、自然に読み進めていくことが出来るんですね。

加賀 なるほど。読者が慣らされているわけですね。

岳 そうです。そのチェンジの妙といいますか、それを先生が意識的にやっていることなのか、自然にそうなるのか。そこが気になっているのですが。

加賀 そうですねぇ。この、一人称にした途端に、時間の流れがぐっと静かになって、切々として昔の思い出が沸いてくる感じがあるでしょう。それを表現したかった。それは、非常にゆっくりとした時間の推移なんですね。

どしどし、ばんばん、物語が進んでいたのに、ふっと昔に戻ると、水の底に到達したような、ゆっくりとした動きが出てくる。「僕」は動かないのに、女のほうが僕を撫でながら抱いていて、まわりの景色、色彩が目に入ってくる。

子どもの世界ですから、甘い果汁のような、光とか、遠い記憶とか、そういうものを呼び起こすとなると、こういう文体がいいかな、と思ったんです。

そして書きだすと、文体というのは、前の文章が後の文章を呼び起こしてくれるので、するすると子どもの世界に入っていけるんです。

岳　そうか。ただ、筋だけを追っていくような読者の中には、引き戻されちゃうように思う人もいるわけですよね。ストーリーがだぶっている……もう、それは分かってることじゃないか、と。

ところが、同じ場面も、上から見るのと、下から見るのとでは違うんだよ、ということが、だんだん分かってくる。二重写しの美学とでも申しましょうか。

これは大江さんもおっしゃっていたことかもしれませんが、バッハなぞバロックの曲なんかでいう「フーガ形式」ですよね、同じことをどんどん重ねていく。クラシックなんかでは、よく使われますよね。同じ旋律がどんどん繰り返されていく。そんな音楽性を感じますよ。

加賀　それは嬉しい批評ですね。本来、音楽っていうのは、文章にならないはずなんですよ。でも、文章は音楽になるということがあるんですね。

この長篇では、音楽家がずいぶんと出てくるわけです。ピアニストもいるし、作曲家もいるし、バイオリニストもいる。割と僕にはそういう友達が多いので、音楽家の世界、音の世界を書いてみたかった。

岳　ほう。そういった環境も関係しているわけですか。

加賀　回想録の中に、音が入ってくるんですね。子どもの頃、耳に聞こえたものは、音楽になって再現されてくる。そういう不思議な時間の推移っていうのは、幼年時代しかないでしょう。

僕の幼年時代っていうのは、いわば音の世界で、とてもいろんな音を聞いている。物売りの声だとか、戦車の轟音だとか。いろんな音があって、その音が音楽になり得るというふうに思って書いたわけですね。

人に寄り添う文体

加賀　でも、ここで、いちばん大事なのは、その前に客観描写で書いてきた男の子のいろいろな動作には全部、裏があるということ。それは大人には分からない、秘密のことなんです。

そして、その秘密を共有する人と仲良くなる。ここでは、女の子ですね。母親は「どうして早く帰ってこなかったんだ」「迷ったんじゃないか」と思う。しかし男の子のほうでは、一世一代の恋愛をしているわけです。女の子の家へついていって、ご馳走でも食べて、楽しんで……いつのまにか時間の経つのを忘れているものだから、ふっと外へ出たら暗くなっている。

ああ、家族は探しているだろうな、と思う。でも、慌てているものだから、家のほうへ行けない。すると、神社がある。そこへ行くと、何だか、ほっとする。新宿の町がずーっと見える。でも、我が家は見えない。

こんどはだんだん、恐怖感のようなものが出てきますね。そういう怖さ、恐怖感というのは、子どもの世界を描くためには必要なものでしょう。

それが「母親から見た自分」にはないものだ、というわけです。

大人と子どもは、そういった箇所でぎくしゃくしているわけですね。

岳　反対に、子どもには見えないものを、大人は見ていたりもしますよね。その双方が、作品全体の中で重なり合っていく。

たとえば過去の日露戦争……日本海海戦だとか、関東大震災だとか、そういう出来事を悠太は体験していないけれども、あとで日記なんかで、利平の言葉で語らせているわけですよね。そのあたりも、たいへんリアルなんです。

加賀　一人称になりますと、その語り手の性格や年齢が出てくるんです。利平の語る文体は、ちょっと乱暴ですね。

岳　だからこそ、リアリティがありますよね。それを悠太の側から書いてしまうと、日本海海戦なんて、あんなにリアルに描けないですよね。まだ、生まれる前の話ですから。

それで後に、利平の視点で語られる必要があるわけですが、最初に「僕」を使ったことによって、あとで読者が人称の変更に違和を感じなくなってるんですね。

加賀　その通りです。

岳　ほんとうに微妙ですよね。第三章の最後は、こうなっています。

火曜の午後には園芸というのがあった。京王電気軌道で郊外へ行き、そこの学校付属の農園で畑を耕すのだ。畑仕事など初めてで、たちまち手にマメを作り、ひどく疲れた。ただ付近の農家で野菜を買って帰ると母が喜ぶので、葱一貫目、蕪一貫五百匁という具合に買い、泥のついたのを車内に持ち込むと駅員に咎められるため、持参した新聞紙に包むのだった。

そうこうしているうちに、四月十八日、土曜日、東京初空襲の日を迎えたのである。

ここで、「僕」のナラティブが終わるわけですね。そして、第四章「涙の谷」になるわけですが、いきなりまた三人称で、こんなふうになるんです。

なみやの体付きが変ったと気付いたのは、昭和十五年の正月送りのころだった。水

餅のぬめりを洗っているところへ、初江は何気なく話し掛けた。

「すこし肥りやしないかい」

「そうですか」なみやは、小さな目を剥いて、自分の肩や胸を見て笑った。「きっとお餅の食べすぎでございますですよ」

「そうね、近頃、すごい食欲だものね」と初江も笑い返すと、

「いやでございます」となみやは恥かしがった。


肥りながらも妙な色気が漂い、「もしや身重では」と初江は疑う。はたして、小暮家の女中のなみやは妊娠していて、その相手はなんと初江の夫の悠次だった……つまり、前の章で独白体（一人称）で語っていた悠太の父親と女中のなみやの秘め事、大人の男女関係の複雑なところへ、急に変わるんです。

読者としてはこれも、一瞬「あれっ？」って思うんだけれど、私なんか、割と自然に入れたんですよ。

よく神の視点だとか、個の視点……あるいは鳥瞰図だとか、それに対する虫瞰図といったことを言いますよね。僕はやはり、どうしても私小説的な発想で、「個」というか「私」の見方で書いてしまうんですが、先生は、両方から見てますね。にも拘わらず、それぞれ

が離れることなく寄り添ってるんです。

僕は司馬遼太郎さんが好きで、ほとんど読んでるんですけど、ある時点から、ちょっと違和感を覚えはじめたんです。それは、司馬さんの小説は上から見ている感じのものが多いんですよね。上から目線……だからこそ、たぶんふいに「閑話休題」などと書けるのでしょうが。

加賀先生の場合は、そうではなく、寄り添ってますよね。客観小説のようであって、私小説的にも読めるのは、そういったことのせいじゃないですかね。

加賀　司馬遼太郎はね、物語なんです。だから全部、説明するわけです。場面をきちっとある文体で定着させるんじゃなくて、いつも、上からずーっと撮っている、見ている。そして、説明、解読する。そういうやり方です。

それをずっと一貫することには意味があるので、そのことを批判するわけではまったくありませんが、僕の場合は、人間を書くとき、いちばん大事なのはその人の性格だ、と思っています。性格の中にこそ、その人がこの世界に目配りをする仕方が秘められている……その仕方は人それぞれ違うんだ、というところを書きたい。

男の作家が作品を書く場合、女性のそういう部分は、あまり描かれていないことが多い。でも僕にはやっぱり、女性の身になって描いてみたい、という野望はありました。

だから、たとえば女の人をどういうふうに描くと、いちばん実在感があるかっていうことを考えながら書いていったわけです。

それは、子どもを描くときでも同じです。大人の文体じゃいけないよっていう……それから、利平などという爆発的な人間の語り口についてもね。そういう文体がいいって、最初から思っているわけです。

岳　先生の小説には、ありとあらゆる異質なものが出てきますよね。

たとえば菊池透のような首尾一貫、絶対平和を願っているクリスチャンもいれば、一方では、戦争中は戦争を賛美しておきながら、戦後になると、平気でアメリカ型の民主主義を良しとして、国会議員になっちゃう将校もいるわけです。そんな人間までも描いていく。

そういう意味では、鳥瞰図的にも見えるんですが、先生の文体は、一人一人に寄り添っていますから……。

加賀　精神科医というのは、診察するときには、患者に寄り添わないと病気が分からないんです。それをずっとやってきてますからね、職業で。

だから人間の場合は、近間から見て、この人は何を考えているかっていうことを探っているわけ。それが、職業的なナラティブになってるのかもしれませんね。

岳　なるほど。そこにも精神科医としての経験が活きているんですね。

飲みながら書く？

岳　これも第四章「涙の谷」の一部（項目25）ですが、やはり、話が大きく展開するところがあります。悠太の母の小暮初江が不倫していたというような、大人の騒ぎがあって、その締めくくりというか、最後の場面で、「（初江は）両膝に手を置き、きっと前方を見詰めつつ、（不倫相手の）晋助に心で言った」……いわば独白で、こうある。

あなた、見てください。わたし何も言いませんでした。あなたが好きです。全身全霊で愛しています。ですから、あなたとの間の秘密は死んでも守り通します……。

そして項目25から26に変わりはしますが、そのすぐあとのパラグラフでは、こうです。

四月十八日は土曜日なので四時間目で放課となり、悠太は校門を出た。四方に散って行く生徒たちのうち、北の西大久保方面に向う者は少なかった。新宿の商店街は勤め帰りの人々が足早に過ぎて行き、ふと見回すと中学生で歩いているのは自分だけだ

った。かならず同級生の誰彼と連れ立ち帰宅した小学生のときと相違し、独りで自由でいると自覚すると、悠太は、またちょっと回り道でもしてみようかと思った。

いきなり悠太の世界、中学時代の話に入りますよね。ちょうど僕も、この舞台になっている新宿の町で中学時代を送っているから、懐かしいんですけど……新宿御苑と、先生のご出身校の新宿高校（旧府立六中）にはさまれた四谷二中に通ってましたので。

まぁ、それはともかく、大人の恋愛のくだりから、急に悠太の少年期の話が出てくるわけですよね。

この、ナラティブの不思議さ。まさにナラティブの妙技というか、この文体の変わり身……まるで忍術ですよ。

普通、「秘密は死んでも守り通します」なんて台詞を書かれたら、そこからなおもしばらく、その話がつづくと思うじゃないですか（笑）。

そっちに流されていきますよね。言ってみれば、作者によって、はぐらかされちゃうわけですけれど、もうこのへんになってくると、読者としては、この話は突然消えちまったが、またいつか出てくるぞ、と逆に楽しみになってくるわけですよ。多少、マゾというか、倒錯気味ですけど（笑）。

これはやっぱり、長篇じゃないと出来ないですよね。ただ、たとえば母親の恋だけで、短篇にすることは可能でしょうが。

加賀　いやぁ、だから僕、短篇書けないんですよ（笑）。

岳　いやいや、初期短篇集とか、改めて出してみるのはいかがですか。読んでみたいです。さて、だいたい分かってきたんですが、先生の小説は、自然体でありながら、どこかでおそらく、かなり計算もされているんだと思うんです。構成、フランス語で言うと「レシ」ですよね。もちろん、書いているうちに天から下りてくる……自動筆記体というのもあると思うんですが、先生の場合は、計算もされているな、と。

たとえば、亡くなった野坂昭如さんなんかは、筋とか何も考えずに書いていくらしいですね。

加賀　うーん。でもね、野坂さんの書き方が正しいんじゃないですかね。

僕は昔、牛込の新潮クラブ（新潮社の戸建ての施設）で、下（の部屋）に野坂さんがいて、僕が上（の部屋）にいて……という状態で小説を書いたことがあるんですけどね。僕が一枚書いているあいだに、彼は二十枚くらい書いちゃうわけです。「この人は、すごいなぁ」と思いましたね。要するに、頭に思いつくまま、出てくるままに書いてるわけですよね。でも、それが本当なんですよ。僕みたいに、考えて考えて書いてたんじゃあ駄目だと反省しました。
だから、野坂さんに会ってから、とにかく文章は書いてしまえ、と思うようになりました。その文章がなぜ出てくるかっていうのは、自分には分からないです。こういう文章、こういう比喩っていうのが、おのずと出てくる。

岳　作曲家がメロディーを生みだすのと同じですね。

加賀　そのとおりです。

作曲家に「どうしてあなたは、そんな美しいメロディーを生みだせるのか」とずいぶん尋ねてきましたが、どんな作曲家も「自然に出てくるんだから、しょうがないじゃないか」と答えます。

だったら、僕ら作家にとっては、文体がメロディーのようなものだから、自然に出てくる文体を大事にしよう、と。そう思ってからは、すっと書けるようになった。だから、野坂さんのおかげですね(笑)。

岳　けれど、やっぱり、最初の一行が出てこないと、なかなか続きも出てこないっていうこととか、ありませんか。

加賀　ありますねぇ。

岳　でも、一晩寝ると、ころっと変わるときもありますよね。それこそ、ふいに言葉が降りてきたりもする。だから、無理にその日のうちに考える必要なんてなくて、さっさと寝ちゃったほうが良かったり……。

加賀　大庭みな子さんの小説は、すべて酔っぱらったときに書いているそうですよ(笑)。「わたしね、酔っぱらってるときじゃないと書けないのよ。わたしの文体は酔っぱらい文体ですよ」、なんて仰有ってた。ああ、そうかぁって思いましたね。

僕は飲んじゃったら、全然文章が出てこない。

岳　人によって、それぞれなんですね。

加賀　ただ、一つ言えるのは、考えた文体は駄目で、自然にふっと出てきた文体のほうが良いんですよ。それはちょうど、音楽家のメロディーがなぜ出てくるのかと同じように、その人その人によって、ある文体がぱっと出てくるという仕組みがね、どうもあるようで。たとえば長いあいだ、日本の古典やらフランス語の文章やら、いろんな本を読んできた蓄積が、ふわっといっしょになって泡のように溢れ出てくる。それが良い文体だと思っているんです。

だから、もちろん、文体は装飾もしますし、考えて書きますけど、最初の文章がなければ推敲というのはあり得ない。最初の文章は自然に出てきたものがいちばん良い、というのが僕の経験則ですね。

岳　僕はね一見、無頼派のように思われたりしてますが、実はかなり綿密にノートを作ります。

そこで考えた筋なり構成なりが、あとでどんどん壊れていくんですけど。筋立てが出来れば、最初の一行が書ける。そうして一行でも二行でも書いておくと、そのあと、わーっと書いて、それにいろんな言葉を肉付けしていくんですね。僕はその最初の筋立てを「ラフ」って勝手によんでいるんですが。

加賀　それは、そうですね。そういうものがなければ、長篇は書けませんね。文体っていうのは、自然に出てくる、染み出してくる……でも、骨はどこかで押さえておかなくちゃいけない。

まずはそういうものがあって、あとは直していく。付け加えたり、呻吟しながら、書いていく。その作業は、つぎに来るんです。最初の一行がなければ、何も書けませんよ。

岳　気分的には、最初の一行とか、話の骨格が先にあれば楽ですよね。それはそれで、たいへんな作業なんですけどね。

加賀　そうですね。骨格ができていれば、ずいぶん楽です。

岳　話が少し戻りますが、そうやって考えてみると、さっきのお酒の話も面白いですね。飲まないで書く人、飲みながら書く人、それから、三田さんなんかは、飲んだあとでも書ける人なんです。一緒に飲んだあと、早くに引き上げるって言うから、「何か用があるのか」と訊くと、「これから書く」だなんて答える。「えっ、こんなに飲んだあとで！」って(笑)。

加賀　そういう人、いるんですよ。確かに(笑)。

岳　僕はね、飲みながらだと書けるんですよ。

加賀　そうでしょう。大庭みな子さんと同じタイプだ(笑)。

岳　でも、飲んじゃったあとは、嫌なんですよ(笑)。あとは寝るだけだ、みたいな気分になって……今はそんなに飲まないけど、昔は四合瓶なんか、書いてるうちにすぐ空にするくらいでした。

加賀　それ聞いたら、大庭みな子さんが天国で喜びますよ。「わたしどいっしょだ」って(笑)。

　僕は、一滴でも飲んだら書けなくなる。

岳　ただ、さっきから話に出ている骨格を先に作っておかないと、飲みながらは書けないですね、やっぱり。

「行かせる」「泣かせる」「怖がらせる」

加賀 僕は岳さんの小説を読んでみて、勉強させていただいたんですが、岳さんは、やはり私小説的なものが最初にありますよね。まず、そういったものをじゃんじゃん書いていた。読者は気付きませんが、たぶん、酔っぱらいながら(笑)。

そして作中で、まるで強制再現みたいに、お父さんとその出自の問題がいつも前面に出てくる。それがいちばん顕著なのが、代表作といわれる『水の旅立ち』ですよね。これは結局、父親の出自を問題にして、そのことを息子が嫌いながら、しかし父を捨てられない。そういう中で、自分が悶々として暮らしていく。

この私小説的なディテールというのがきちんとしていて、ある世界を紡ぎだしてくれますよね。

それは、僕にはないものなんですよ。素晴らしい、と思うな。

岳 有り難うございます。でも、先生の作品にも、悠次ってお父さんがいるでしょう。一見、先生自身は、お父さんとはあまり合わないかのようで、どちらかというと母方のお祖父さんの利平に近いのかもしれないけれど、先生の中には両方いるんですよ。両方ともに、血はつながっているわけじゃないですか。

加賀先生を見ていると、片側が利平で、もう一方が悠次だって、そんな感じがしますね。私は、昔よく言ってたんですけど、片方の目が一重で、片方が二重なんですよ。「右目は仏さまの目で、左は鬼の目だよ」なんて、言ってたことあるんですけどね。

それと同じで、先生の小説は、片方に利平みたいに大きくて破天荒な人がいて、もう片方に、いかにも保険屋さんみたいな、いたって真面目な人がいて……。

加賀　本当に真面目なんですよ。だけど、ときどき失敗もするし。

岳　先生みたいですね、ほんと。

加賀　いやぁ、あれは僕にそっくりなんですよ（笑）。

岳　話をまた少し戻しましょうか。

文庫版の付録で大江（健三郎）さんの仰有っていた、重ね合わせの技法。これはナラティブの問題ともつながってくるんですけれども。

先生の小説を読んで思った三つのキーワードが、「行かせる」「泣かせる」「怖がらせる」。「行かせる」っていうのは、下品な言い方かもしれませんが、浜辺に置かれた小舟の中で、晋助と初江がセックスをするシーンがあるじゃないですか。あのシーンは短いものですし、別にそんなに具体的には描かれていないんですよ。性の描写とかは、ほとんどない。しかし、時代が時代じゃないですか。恐ろしい時代の中での出来事です。

長い接吻のあと男は女の帯を解きにかかった。「駄目」と制止する手を何度か撥ねのけられた。男は女の帯について無知らしく、はかばかしく解き進めない。ついに女は手伝って体を回転させた。引き締った、しかし柔かな若い肌で、夫の感触とまるで違った。体を開きながら女は月を見た。幌の隙間にはさまれてた卵形の月の熟した肌を波音が洗っていた。「好きだ」と男があえいだとき女はかつて経験したことのない喜悦に燃えて全身を震わせた。

何が人にエロチシズムを感じさせるかっていうと、裸だとか、性技だとか、そういうことじゃないんです。その状況なんですよ。

戦前の、下手をすると男女がただいっしょにいるだけで捕まっちゃうような、不倫は絶対に許されないといった状況の中で、そういう行為をする……そのこと自体が、読者を興奮させるわけですね。

それを、晋助と初江の恋愛ドラマで、ものすごく感じたわけです。

もう片方で、木暮家の女中のなみやが、その家の主人……初江の夫の悠次とおかしくなっちゃうといった恋愛模様も描かれています。

そのへんが、とても何か、時代背景というものがあって。エロチックなことは全然書いてなくて、着物の裾をちょっと捲るくらいのことしか書いてないのに、読者は興奮してしまうんですね。

加賀 なるほどね。作者冥利につきるな。

岳 あと、「泣かせる」っていうのは、利平みたいな人間のもっている性質ですね。娘が結婚したり離婚したり、いろいろあって、そのたびに喜んだり怒ったりはするけれど、割とおおらか人なんですよね。

たとえば半島の人……当初は一介の入院患者だった朝鮮の人を自分の病院で平気で使ったりね。関東大震災時の大弾圧とか虐殺がよく知られていますが、現在よりもっとヘイトというか、偏見があったじゃないですか。利平には、そういうものがない。

右翼的というか、万世一系や八紘一宇を讃えるといった、きわめて日本人的なところがあるかと思えば、片方に、人を人種だの姿かたち、奇形とかね、障害だので差別しない……じつに、おおらかなところがあるんです。

加賀 おおらかではありましたね、確かに。

岳 三つ目の「怖がらせる」というのは、やはり、戦争、とくに空襲の場面などですね。

それを先ほどのナラティブの話とつなげると、文脈によって、それぞれ見る人、見方、視点が違うから、余計に怖いんですね。初江が空襲のあとの陰惨無比な東京の町を長男の悠太といっしょに歩いていくシーン……。

高架鉄道を左手に見ながら進む。依然として同じような焼け跡が続いている。土蔵、ビル、トタン、瓦のほかは何もない。門柱や電信柱が路上に倒れ、電線が垂れ下がっていて歩きにくい。狭い道に大勢が重なって死んでいた。熱風に一時に焼き尽くされたものらしい。ついに路上を屍体が埋め尽くしている場所に来た。死人を踏んで行くよりほか進む方法がない。莫迦に柔らかいと思ったらはみだした内臓であった、まだ炎を吹き出している家がある。二階が崩れて火の粉を散らした。一階の茶の間が燃えている。火鉢、炬燵、蒲団がそこに住んでいた人の記憶と夢とを煙に変えていた。

このあとに川に逃れようとして死んだ人たちの骸の様子が描かれる。非常にリアルで、まるで自分も死屍累々とした焼け跡の真っ只中に立たされているような気がしてくるんです。

ここにはしかし、現実とのギャップというのもあるわけですかね。先生が体験したこと、お父さんやお母さんの体験。そういうのはすべて活かされているんでしょうけれど、当然、フィクショナイズもされてるでしょうから。

たとえば、僕は最後まで気づかなかったんだけれど、晋助と桜子というのはけっこう重要な脇役なのに、実在しなかったそうですね。

悠太とならぶ主人公と言える時田利平っていうのは、実在人物。かなりリアルなんでしょう。

時田利平の魅力＝魔力

加賀　いや、まぁ、あんな祖父さんをもったのは、私の不徳の致すところ……というふうに、最初は思っていたけれど(笑)。

でも日記を読んでいるうちに、この人は面白い性格の人だなぁ、と思うようになったんです。

岳　こんなふうに書かれている日記ですね。

二月四日木曜

艦は機関の炉中に点火す。乗組員は上陸を禁止せらる。
二月五日金曜
佐世保に家族を有する者のみ午後八時より十時の間上陸を許可せらる。乗組員多数上陸し家族と告別の宴を張り帰艦す。家族ら幾千の婦女童児、提灯を手に波止場に見送りたり。

加賀　日露戦争の開戦直前の日記ですね。

明治の人で、とてつもない欲望をもっている。金持ちになりたい、社会でいちばんの医者になりたい。そのためには博士号を取らなきゃならない、とか。いかにも明治の人が思うような、階段を上っていくような性格で。

その反面、とても涙もろくて、人情に厚い部分もある。

あの頃、朝鮮人というのは差別されていて、日本人の中には、朝鮮人と話すのもいやだという人が多かった中、祖父さんはまったくそんなことがなかった。祖父さんのまわりには、いつも朝鮮人がいました。「あの人たちは可哀相なんだから、絶対に悪口言っちゃいかん」というようなことを言われて、母親からいろいろと口止めされていたくらいですからね。

祖父さんのところには、それほど多くの人が出たり入ったりしていた。そういう不思議な人物なんですよ。

それはきっと、自分が山口県でもって、いちばん貧乏な漁師の、しかも八男で、何もないところから出発していることに由来するんでしょう。下関から東京まで、汽車に乗るお金がないから歩いたっていうんですから。

それから本当に足腰が強くて、艪を漕いで海をいくときなんて、颯爽としてね。「お祖父ちゃん、すごいね」なんて言って、僕も教えてもらって、うまくなったんですけどね。

岳　ほう。先生、ご自分で船が漕げるんですね。

加賀　漕げますよ、艪でね、

艪というのは、日本の船頭の特色ですね。櫂じゃないんですよ。この前、遠藤周作の『沈黙』を読んでいて、主人公が櫂で長崎から出てくるっていうシーンばかりで、「あれ、艪はどうしたんだろう」と思ったんですが、やっぱり、遠藤さんみたいな人でも、艪は知らなかったんでしょうかね。

でも本当は、艪というのが、日本の航海の基本にあるんです。足腰をきれいにするためには、必要なんです。双葉山っていう横綱は、漁師の息子だから足腰が強かったですよね。それは小さい時から艪を漕いでいたからじゃないですかね。

祖父さんは、この日本社会の最低のところから出発してるわけ。だから、今、世の中でもって馬鹿にされたり嫌われたり、自分より下の人間だと思われている人たちにこそ、本当の人情があるんだよっていうことは、祖父さんはよく知っていたと思うんです。

岳　それは作品の中で余すところなく描かれていますよね。これは多くの読者が感じると思いますし、僕もメモに書いたんですが、「時田利平の魅力」……「魔力」でもありますよね。

まず一つ目に、時田利平はエゴイストでしょう。そして権力主義者で、女たらしで、頑固。これはどれも、世の中で悪いとされていることですよね。

でも、それらは全部、裏返すことが出来るんです。

エゴだからこそ、涙もろい。感性豊かだから、あちこちの女性に手を出す。頑固一徹、筋を曲げないヒューマニスト……といった具合にね。

これは一見相容れないもののようですが、こういう人間がいてもおかしくない、と自然に思えるんですね。本当に、これだけの要素をすべて採り入れた人物をよくぞ描かれたものだなぁ、と感心してしまうんですが。

加賀　祖父さんのいちばん核心にある存在感というものを、よく読み取ってくださって。そのとおりです。

漁師の八男に生まれた祖父さんから見て、世の中のもっとも駄目な人間の視点から、世の人びとを見る。したがって、自分はそういう人たちにはなりたくないという、この金持ち思考だとか、地位の思考だとか、そういうものはあるんだけれど、その出発点には、貧乏人の視点が、ずっとあるんです。金は儲けられるときに儲けろとか、便利なものを発明して世の中の人のために何とかしよう、ただお金はいただく、という明治の人独特の気っ風が祖父さんにあって、それがとても面白かった。

岳　しかし結局、戦争で……空襲で、何もかもなくなってしまうんですね。時田病院はなくなってしまったけれど、記憶は残っている。それはすごいことだなと思いました。

記録より記憶……直接に見聞きした話を聞いたほうがリアリティはあるんですが、それをまた記録しておかなければ、何も残らない。これも、文学の役割の一つと言えるかもしれませんね。

二十年の「勉強期間」

岳　もう一つ、非常にリアリティのあるお祖父さんを描きながら、もう一方で、フィクションである晋助や桜子という存在が描かれているのも、やはり、気になる部分です。きっと先生は、この作品の中にバイオリンの上手いお嬢さんを登場させたかったのでしょうね。

加賀　そうですね。

岳　モデルみたいな人はいるのですか?

加賀　僕の知ってる音楽家の中に、フランスへ留学して学んだ、同じような境遇の人はいました。その話はずいぶん聞かされているから、彼女をモデルにしたとも言えますね。また、僕の女房がバイオリン弾きだったから、その生活や苦労は知っていますからね。

そういうことがあって、一人くらいは、きちんとした音楽家がずーっと育っていく出世物語みたいなものがあると、ずいぶんと華やぐと思ったんです。

男ばかりの世界でどうのこうのというんじゃなくて、軽井沢に行って一流の外人の先生についちゃう、とかね。

岳　僕は先生の軽井沢の別荘にお邪魔したこともあるから、「ああ、あの登場人物たちは、こういうところにいたんだ」と思っていたんです。いただいた美味しいワインを飲みながら……でもフィクションだったなんて、まさかまさか、ですよ(笑)。

晋助も、現実にはいないんですか。モデルというか、それに近い人はいるんでしょう。

加賀　近い従兄弟はいましたけどね。

岳　僕は晋助というのも、割と好きで。これがフィクションだと聞いたとき、もしかしたら先生の分身なのかなっていう気もしたんです。

加賀　そういう面もありますね。

岳　先生はいろんな人を描かれているけれども、基本的にはご自身の中に、晋助みたいな読書が好きで文学を目指す平和主義者的な部分があって、それを晋助に託してるのかなと思いました。

加賀　晋助というのは、非常に不幸な一生を送るわけだけれども、そういう小説家の生き方というのは、僕の理想でもあるんですよ。今でも。

岳　戦争に行ったおかげで精神に異常をきたし、ついに晋助は死んでしまうんだけれども、まぁ、その遺志をついで、とでも言いましょうか、晋助のやりたかったように先生は生きてるんですかね。

ほら、フランスに行きたかった晋助の代わりに、フランスに行ってらしたじゃないですか(笑)。

加賀　そうかもしれませんね。

いろいろ考えたんだけど、僕は自分でもなぜ、自分が小説を書き始めたかっていうのは、いまだに分からないんですよ。

もう四十歳になって、小説を書くには遅いよっていうときに、最初の長篇が文学賞をもらって、何となく作家に移行してゆくわけだけど、「自分は作家に向かないんじゃないか」という意識はいつもあります。今もありますよ。

だから、いまだに二週間に一回、医者をやってるわけです。医者は、病気を治すっていうことで、ちょっと社会に貢献してる気がするからね。

年をとってくると、こんな年寄りの先生に見てほしいという患者も出てくるわけです。そうなると、「僕には医者としてポジションがある」って実感できて。

だから、仕方なく医者の仕事をやっているわけじゃなくて、喜んでやってるんです。そういうのって、小説家にはないじゃないですか。文学は、人のためにはならないんですよ。直接的にはね。

岳　僕が一週間に一度、大学で授業するのと似てるかもしれないなぁ。

加賀　いつも考えるのは、自分の小説が良いか悪いかは分からないけれど、世間の役には立っていない、ということなんです。

でも、逆に言えば、僕は、それでも小説を書きたかった。ただ、その理由は、分からないんです。

そして、小説を書くんだったら、五十歳、六十歳近くになった頃に、すごく長い小説を書いてみたい、と思っていました。僕は最初の二十年間くらいは、鳴かず飛ばすで好きな小説を書いてきたんだけど、ある日、僕の書きたいのはちょっと違った小説なんだ、ということに気付いた。それから、密かにたくさんのノートをとり、登場人物の性格を考え、彼らをなぞるような生活をしてみたんです。

そうやって、自分を変えていくのに時間がかかりました。

それに二十年間、僕は幼年時代を描かなかった。最後の長篇小説のために、とっておいたんです。いわば自分に鞭打って、そうしたわけです。

「幼年時代を描きなさい」という誘いもずいぶんあって、「なぜ書かないのか」とも言われたけども、それを抑えて、ずっと二十年間練っていた。そして、三十年目に、「新潮」の編集長の坂本(忠雄)さんと、この『永遠の都』の連載をはじめたわけです。彼もそういった嗅覚の鋭い人ですから、なぜ幼年時代を書かないのかと思っていたらしいですね。

辻邦生がイタリアを舞台にした小説を「新潮」に連載しているときに、僕は死刑囚の小説を書いていた。

岳　一躍、先生の名を高めた『宣告』ですね。

加賀　二人の書いているものは全然、違うわけですよ。辻の作品は、ヨーロッパを舞台にした、とても華麗な生活を描いて。一方、僕は死刑囚でしょう。普通の人が読めば、ちょっとぶるっちゃうような世界を描いていたんですけどね。

それを書き終えて、さぁ次というときに、じゃあ幼年時代を書きだしましょう、と。

岳 いろいろ溜めこんでいたわけですよね。

加賀 溜めこんだっていうと、けちくさい感じもしますが、熟成するまで待っていた。その間に、たくさんの幼年時代の物語を読んだりもしました。要するに、勉強する時間だったんです。

岳 先ほど、文体については、天から降りてきて、そのときどきの思いつきで書いている、というようなことを仰有っていましたが、その二十年のあいだに、骨格はずーっと作られているわけですよね。

加賀 そうですね。

三島由紀夫は、長篇小説はいちばん最後の部分を決めてから書け、と言っています。そこへ向かっていくのが良いんだぞ、と。確かに、そういう小説の書き方はあるけれども、僕はこの小説については、どういう終わり方をするかっていうのはまるで考えずに、書きはじめました。

三分の二くらい書いたときに、終わらせることが出来ないんじゃないか、と不安になったくらいです。何枚書いても終わらないぞ、と(笑)。でも、あるところで人間は人生が終わるんだから、登場人物、つまり時田利平が駄目になったら終わる、ということで、自然に終わらせるのがいいな、と思ったわけです。そしてそれは、新憲法が出来た昭和二十二年、それくらいの時代に終わらせるのがいいな、というだいたいの目安ができたわけです。

精密な歴史時代小説

岳　昭和二十二年、私の生まれた年ですが……終わり方には、だいぶ苦労なさったようですね。

戦時中の悲惨な体験を初江と夏江の姉妹が語り、亡くなった人たちの話をする。夏江が安西という朝鮮の人の名を出して、初江が「その人がどうかしたの」と聞く。そして、こうなります。

「いいえ……ただ何となく思い出したの。死んだ人って、段々に生き返って、かえって強く生きてる人間に影響をあたえるってことがあるわね」

「ある、ある」と初江は深く相槌打った。自分の影がせわしく上下した。と、日が翳ってきた。夕日は楠に半ば埋まっていた。とげとげと陰影濃く動いていた波が墨をぼかしたように穏やかな様相になった。別な鷗の群が、まだ赤く輝いている大桟橋の上を、無数の霊の点となって軽やかに舞っていた。

加賀　最後のところね。これは、何度も書き直しをしています。つまり、長い小説を終わらせるには、終わらせるだけの意味ある最後のシーンが描かれていなければ終わらないわけです。最初僕は、病気になって死ねば終わり、というくらいに考えていたのだけど、それは小説の終わりじゃないんですね。

そこんとこの僕の苦労を知っているのは、やはり、僕に十二年間、連載をさせてくれて、すべての原稿に目を通して、ちょっとでも何かあればぜんぶ言ってくれた編集者の坂本さんです。すごく感謝しています。

岳　僕も坂本さんにはいろいろと教わりましたから、よく分かります。

加賀　やはり、編集者が優秀でなければ、書けないというところはありますよね。

岳　この『永遠の都』について、坂本さんが言ってたことがあります。五郎っていうのは、モデルはいたかもしれないけど、フィクションですよね。そして、最後ああいう形で五郎ちゃんに死んでもらって、そこから姉妹が生きていくという場面があるわけですよね。やっぱりそれは、一つのパターンとしてあるのかもしれない。

でも、僕が読んだとき、少し違和感をおぼえたのは、夏江が五郎と男女の関係になる、という部分なんです。それで、そこの部分を坂本さんに話したら、彼はにやっと笑って、「トリッキーだろ」って言うんですよ。「加賀さんは茶目っ気があって、たまにトリックみたいなものを使うんだよ。読者が思っていなかった、予想外のことをするんだよ」と。五郎はあれだけ利平に尽してるわけですから、利平の子どもだと思うじゃないですか。でも実は、朝鮮から来て働いていた人の子で……というのも意外だったし。夏江と結ばれるっていうのも、意外な感じです。

でも、ああいう展開があって、であればこそ、五郎は死ななければならなかったんですね。

加賀　五郎っていう人間を描くときに、お父さんがどういう風に殺されていったか、というのが必要でした。大震災のときの「朝鮮人の虐殺事件」っていうのが。

表面は華やかな病院なんだけれど、そういう過去の汚泥のような時代があって、それについて時田利平が強い関心をもっている。そして、朝鮮の人たちのために五郎を可愛がる。そういうことがあって、五郎が自殺した直後に、すべてのことが明らかになるかっていうと、ならない。

だから「この小説まだ終わってない」って言われて、しょうがないから、そこからまた、十二年書いたわけ(笑)。

岳　小暮悠太をはじめ、生きている登場人物のその後を書いた『雲の都』ですね。

加賀　はい。その間、僕は五年くらいハングルの学校に行っていたし、もう数えきれないくらい韓国に行ってます。そして韓国の生活や食べ物に、じっさいに触れてきました。

僕はこの作品を、いちばんに読んで欲しいのは韓国の人なんです。翻訳してくれる人がいないので残念なんですけど。中国の人たちは一生懸命、読んでくれましたけどね。僕の小説は、中国ではよく売れてるんですよ。

岳　この『永遠の都』は、歴史時代小説でもあると僕は考えています。関東大震災時の問題……朝鮮の人たちの大虐殺とか、いろんなことがあって。それらのすべてが描きこまれています。

そういう社会的な問題を直接的に書くのではなく、時田利平という人間を描くことによって、あるいは彼を取り巻く、さまざまな人間を描くことにより、そのおりおりの社会的背景が自然に浮かびあがってくる。日露戦争、大日本海戦、関東大震災、日米開戦、空襲、そして敗戦に至る歴史も、そこからおのずと浮かびあがってくるわけです。

加賀 自分で言うのも何ですが、そういう意味では、確かに精密な歴史時代小説とも言えるでしょうね。

第三部

日本の近現代をたどる

今はもう「戦前」か

岳　まず最初に、当のクラブの代表でもある私から言うのもおかしな話かもしれませんが、歴史時代作家クラブ賞、これが今年で五年目……五周年ということで、加賀乙彦先生が特別功労賞を受賞されることになりました。

ちなみに、これまで特別賞をとられたのは、現・当クラブ名誉会長の津本陽先生と、追善ということで故北原亞以子先生だけです。

加賀先生は純文学界の大物であり、日本の文化に大きく貢献したということで、文化功労者にまで選ばれておいでなので、今さら何で、という声もあったのですが、僕としては、先生の作品を今の若い人たちにもっと読んで欲しいという思いがありました。

とりわけ、今度この対談で主に取り上げている『永遠の都』ですね。

先生には『ザビエルとその弟子』とか、最近出版された『殉教者』など、本格的な歴史小説もあります。

そこで、そういうことも踏まえてというわけですが、さきのクラブ賞の選考会の席では、一般の純文学系の小説として描かれた『永遠の都』こそが、日本の近現代の歴史を細やかに刻み尽くした歴史小説の佳品だということで、「特別の賞」となったわけです。

もちろん、すでに大手メディアでも先生のお名前と作品は広まっていると思いますが、僕らのクラブでも、より小まめに、たとえばネットなども最大限に活かして、加賀乙彦作品の素晴らしさを広めていけたら良いな、と思っていますので。

加賀 有り難うございます。

岳 では、本題に入りましょう。

前回は作品の文章、文体などについてお話しましたが、今回はまず、なぜ私が若い人にこそ、この本を読んでほしいと思ったのかについて、お話したいと思います。

僕は今も大学で講義をしているんです。授業の内容は教養英語なので、直接に関係はないのですが、ときどきは話すんです。日本の国の歴史について……とくに彼らに知ってもらいたいんですよね。わが国の近代から現代というものについて。

日本の近現代というのは当初、戦争に明け暮れてきました。それは、僕が生まれる直前までつづいていた。昭和二十年が終戦で、二十二年が新憲法の発布、この年に、僕は生まれてるんです。『永遠の都』はそこで終わっていて、つづいて同じく大長篇の『雲の都』がはじまっているんですね。

いわゆる「戦後」という時代です。前にも少し話に出ましたが、このあいだ、お亡くなりになった野坂昭如さんが遺言のようにして「今は戦後どころじゃない、戦前じゃないか」というふうに仰有っていました。

じっさいにですね。何かほんわかとして、いかにも平和そうな「大正ロマン」とか言われていた時代から、日米開戦までは、二十年も経っていないんですよ。つまり、今、こう平和だ、平和だ、と浮かれている若者が、二十年経ったら、「あれ、おれたち、どっかの国と戦争やってるぜ」ということが、起こり得るということです。怖いですよね。

加賀　そうなんです。それが怖いんですね。

岳　だからこそ、若い人たちに『永遠の都』、これは歴史小説なんだよっていうことで読んでもらいたい。読んで、日本の近現代がどういうものであったのか、知ってもらいたい。それこそが、僕らが先生に特別功労賞を受賞していただきたかった理由でもあるんですが。

まず明治の日露戦争からはじまって、大正時代の関東大震災……日米開戦と終戦。そして、憲法発布のときまで話はつづくわけですけれども。

えーと、先生がお生まれになったのは？

加賀　昭和四年です。

岳　となると、小暮悠太と先生は、もう、そこからして重なってるわけですね。

加賀　結局、悠太と僕は同じときに生まれたことにしちゃったんです。

岳　なるほど。

加賀　執筆中、いちいち年号を押さえるのが面倒くさくて、そうしたんですが（笑）。ただ内容的には、一致するところもあるし、一致しないところもありますね。

岳　それはまさに、小説ならではの微妙なところですね。前にも話した瀬戸内（寂聴）さんの「本当のことを書くと（読者に）嘘だと思われ、嘘のことを書くと本当だと思われる」っていう。

描写がリアルだと、なおさらそうなりますね、先生の作品は、自然描写なんかでも、たいへんリアルで、読者がその場にいるような気にさえさせられます。たとえば『永遠の都』の第一章「夏の海辺」3の初めの部分ですね。

若葉が彩る麻布の高台よりさがって古川沿いの電車通りにでた。ここから慶応義塾裏の時田病院に行くには二路があって、二之橋を渡り豪壮な屋敷に分有された丘を越えるか、三之橋から川の湿気に黴びた長屋や町工場の場末町を突っ切るかである。初江はむろん前者の路が好きで、そのことを浜田はちゃんと知っていた。左は寺、右は

渋沢邸、続いてポーランド公使館と、立塀を裾囲いとした大樹のゆらめく道を営々とのぼり、宮殿めいた簡易保険局の前から、三井邸の石垣とイタリア大使館の煉瓦塀の狭間を滑走していく快感は、自動車でなくては味わえない。

岳　当時はまだ珍しかった自家用車、それも浜田という運転手付きで、初江が悠太ら子どもたちと三田の界隈を行くシーンです。

先生は、ご自身の生まれ育った新宿近辺のほか、こういう麻布の高台、古川沿いの電車通り、二之橋、三之橋など、悠太の祖父の時田利平の病院があった付近の様子も、鮮明に描いておられる。

僕も西新宿の生まれで、大学は三田の慶応だったから、両方ともにたいへん懐かしい風景です。

それも現在の、ではなくて、戦前・戦中の景色ですね。そういうところを背景に、それぞれの時代が語られているわけです。

たとえば日露戦争ですが……同じ章をもう少し読み進むと、利平が参加した海軍記念日のことが出てきます。

利平は海軍記念日の祝賀行事を熱を入れて語った。何しろ日露戦争三十周年、日清戦争四十周年だから海軍では総力をあげてお祝いをするのだ。前日の五月二十六日には軍人会館で日露の海戦に従軍した者の大会が、伏見軍令部総長宮の台臨を仰いでおこなわれ、むろん利平も大礼服着用で出席する。二十七日当日朝は、横須賀鎮守府の大行進隊が銀座通りを行進する。軍楽隊を先頭に、戦車、装甲自動車、陸戦隊、少年航空兵が参加する大部隊だ。

こういうところで、日露戦争にかかわる話の最初の伏線が張られているわけです。初江と利平の「あれから三十年ですか」「そう、早いもんだな。おれは三十歳だった」といった会話が出てきますが、そういうものを初めのうちに、こうして置いておくわけですね。

歴史小説を包含する

加賀　それはまぁ、岳さんのように全体を細かく読み通して下さった方でもないと、なかなか気づいては貰えないことでしょうね。

岳　そうかもしれません。具体的なかたちで利平が日露戦争のことを語るのは、それからだいぶ経って、「第四章　涙の谷」の中でのことですからね。でも、先生ご自身は体験されていないはずなのに、凄い迫力がある。

今でも、その名とともに艦影を思い浮べられる。第一艦隊、三笠、朝日、富士、敷島、春日、日進……第二艦隊、出雲、吾妻、浅間、常磐、八雲……あのときの日本艦船百七十余隻、それに英国の戦艦六隻、駆逐艦六隻、米国戦艦一隻が加わった。それだけの大艦船がすべて満艦飾で無際限に降りそそぐ陽光のなかに浮いていた。美しかった。本当に美しかった。

つづいて、こうなります。

午前十一時、明治天皇陛下と皇太子殿下が、軍艦浅間に御乗艦になり、われらの艦列前をお通りになり、利平は生れて初めて大帝の玉顔を間近に拝したのだった。士官たちと並んで登舷礼式をおこないながら彼は目頭を熱くし、神に等しい御方をひたすらに拝した。

このあとしばらく、利平の回顧というか、日露戦争に関する昔語りに帰ってゆくわけですね。

そして、「第五章　迷宮」。ここではもう、海戦がはじまっていて、ナラティブも変わり、人称は「おれ」になっていますね。

八雲には下甲板に前後二つの治療所が設けられた。おれは前部治療所の責任者であった。下甲板とは水線下であって窓がないが、上は上甲板と中甲板に覆われ、前後は隔壁と砲塔、舷側は六インチ鋼鉄板で保護されていて、艦内でも安全な部位であったけれどもせっかくの海戦の一部始終を実見するわけにはいかない。しかし、生来の好奇心から、おれは敵弾の到達する寸前まで上甲板に出、戦い終りとなるやすぐさままた上甲板に出という具合に、なるべくこの目で海戦の模様を見て、見た以上は全部を記憶しておこうと努めた。

たいへん効果的だと思うのは、それらの出来事を描くにさいして、「二月四日木曜　敵は機関の炉中に点火。乗組員は上陸を禁止せらる」「二月五日金曜　佐世保に家族を有する者のみ午後八時より十時の間上陸を許可せらる」といったふうに、日時が書かれていることですね。

おかげで文体の雰囲気がノンフィクション的になり、いっそうのリアリティが出るんですね。そういった書き方が、このあとずっとつづくわけです。

私が思うに、この辺も普通の歴史時代小説とは違うんだけども、歴史的な事実や事件を、ちゃんとそれが起きた時間まで踏まえて書いているということ。何と言ったら良いのかな……歴史小説を超えている、というよりも、包含している、という感じでしょうか。

それで先生、利平が体験した日露戦争なんかの場合、最初に伏線として第一章で出しておいたのを、四章、五章あたりで本格的に書いてやろうと仕組んでいたんですか。


加賀　そうですね。仕組んでいたんですね。

利平が昔のことを思いだすのは、監禁されている精神病院でしょう。つまり、じーっと動かないでいるとき、昔のことがふわーっと生まれてくるっていう、そういう精神的なものも踏まえているというわけです。精神的な状況、とでも言いますかね。

これは、利平が病院内で自分の日記を見ているわけです。家人に「持ってこい」って言って、日記を持ってこさせて、この忙しい人が、ゆっくりと過去のもの、自分の書いたものを読みながら思っているわけ……つまり、過去のことと現在と、二重に思っているわけですよ。

それを狙ったんです。

岳 リアルなことを言いますと、じっさいに先生は利平……いや、お祖父さまの日記のことを知っていたわけですよね。

加賀 日記があるなぁって、小さい頃から狙ってたんですよ（笑）。

あれ、祖父さんが死ぬときに僕にくれないかなぁって。くれとは言えなかったんだけど、おじさんが「こんな汚いもの好きに持っていけ」って言うから、全部持ってきちゃった。

岳 それが非常に良いことだったんですね。それがなかったら、今回の特別賞もなかったわけですから（笑）。この『永遠の都』すらも書かれなかったかもしれない。

日露戦争から、こないだの、といってももう七十年も前ですが、太平洋戦争までっていうのを書き尽くしたっていうのは、すごいことです。それを、この一つの家族、一族の物語の中に取りこんでいくっていうのは、本当に大変な仕事です。それは当然、五千枚かかりますよ。

それから、日露戦争、日本海海戦に関しては、語るのが、それより後に生まれてきた人たちじゃないですか。利平の場合には実体験があるのだけれど、他の登場人物の大半は現実には知らない。

そういう、いろんな人の目線っていうのが、読み進むにつれて、だんだん出てきますよね。

それから関東大震災のときには、先生はまだこの世におられなかったわけですが、お父さん、お母さんは生まれてますよね。

加賀　生まれてますね。関東大震災のときに、下町の深川で親父は地震を感じるわけです。あの場面、三越のすぐそばですよね。三越の瓦がガーっと落ちてゆくのを見た、と。それは父が僕に言っていたから、本当だろうと思いますけどね。

岳　なるほど。そうした事実が重なっていくわけですよね。登場する人たちの一人一人の眼に映り、耳に聞こえた出来事が……。

この大震災のときに、例の安西こと安在彦の話があります。在日している朝鮮の人たちに対する、いわれなき差別と弾圧。有名な話ではあるけれども。自警団にひどい仕打ちを受ける、凄惨な場面ですよね。

まぁ、関東大震災そのものに関しては、東日本大震災、熊本地震があって、もう一度いろんな部分を見直さなきゃいけないと思うんですけど、在日の人たちを虐殺したとかって、それがないだけでも救いですよね。もちろん原発……原子力発電所の罹災とか、新たな問題が出てきてはいるんですが。

『源氏物語』の真似でございます

岳　『永遠の都』で最初に出てくる社会的な出来事で、たいへんリアルに感じられるのが二・二六事件です。この頃には、先生もお生まれになってますよね。

加賀　生まれてます。いわば、僕の最初の記憶ですね。

岳　この「第二章　岐路」では、二・二六の事件は最初、三人称というか、無人称というべきか、普通の文体で書いてありますよね。

蹶起に参加したのは歩一の約五〇〇名、歩三の約八〇〇名であって、そのほか近歩三と野戦重砲兵七の約一〇〇名が加わっている。

といった具合に、脇敬助中尉の表をもとにして、客観的具体的に記されているわけです。でも、やがて一族の人びとが巻きこまれていく……「公」と「私」が混じり合うとでも言いますか。主人公の悠太の従兄に当たる脇敬助が「未曾有の大事件だと思った」といった一種の心理描写なども書かれますね。

加賀　脇中尉の性格を示したかったんです。何でも手帳に書いて分析する。だから日本軍の参謀になれたんです、この人は。

岳　この敬助と、平和主義者の晋助という兄弟の設定が、裏表で面白いなぁと思ったのですが。

加賀　脇中尉のほうは、そういう実用的な記憶が非常に優れているので、あとで政治家になるときも役に立つわけですね。何でも憶えてるし……。

岳　それで、善きにつけ悪しきにつけ、冷静というか、冷徹な感じで、うまく切り抜ける、今の自民党の誰かさんみたいな部分があるような気がして。

加賀　まぁねぇ、そういうずるいところがある。

自分はね、なんか悪いことをしても捕まらない、するする逃げちゃう。弟の晋助のほうはそうはいかない。下手なんだな、他人との関係が。全部失敗しちゃう。

岳　片方に菊池透とか、晋助みたいな、平和主義者というか、軍国社会や時代に対するアンチテーゼみたいなものがあって。もう片側に脇中尉のように、軍隊で重い役職についておきながら、戦争が終わったら、手のひらを返したようになっていく人たちもいる。

平気でアメリカ流の民主主義を鼓吹するわけでしょ。

その辺のところが、いかにもうまく出来てるんですけど、その理由の一つは、前から言っているように、利平の存在っていうのが、とても大きいと思うんですよ。「第二章　岐路」は、いろんな人の視点で書かれているわけですけれども、ある意味では、利平の見方、態度がいちばん面白い。利平は二・二六事件のときに、お祝いしているわけですよね、自分の。

加賀　そうなんです。博士になった記念の祝いですね。

岳　ここは痛快ですよ。

「今、臨時ニュースで大事件がおこったとわかりました。総理大臣が暗殺されま……」「知っちょる」利平は思わず大声で言った。「大事件と祝賀会とは関係ない。静かに、坐りなさい」看護婦数人が立ち話をしているのを叱りつけた。

中林はふらりと上体を傾げて帰って行った。利平は思った……大事件なんかどうでもいい。政治がどうなろうと、大臣が殺されようと、この時田利平の祝賀会は続行する、おれは祝われねばならない。

それなのに、そのとき、かねがね「おれは漁師の息子だ」言っている利平は、自分で刺身をこしらえようとして、包丁で指を傷つけたりして……でも僕はこの辺の、利平のエゴイズムって好きですね。彼は、そのエゴイズムがあるから、朝鮮の人たちを自分の病院で、雑用の仕事ですけど、使ってあげたりするのかなと。ヒューマニズムとエゴイズムが、表裏一体なんですよ。

加賀　そのエゴイズムがあるから、失敗もするわけです。

岳　そうですね。

加賀　この場面で出てくる、フグの料理。実は僕はここをきちんと描くために、下関でフグの料理を習ったんですよ。文芸雑誌「新潮」の元編集長だった坂本忠雄さんが、しかるべきお店に連れていってくれてね。

それで手を傷つけるのは、どこの位置でどういうときか、体験してきている。あれね、刺身は切るんじゃなくて「引く」んだよね。すると、指も引かれちゃう(笑)。

そんなこんなで、実はそういう細かいところに苦心してるんです。

岳　片方にまさに二・二六のような大きな事件があって、もう片方に、そういった細かい描写を入れていくっていうところに、単なる歴史小説ではない面白さがあると思うんですけれども。

加賀　そこを読み取っていただけると嬉しいですね。

岳　そのまたさらに、少し後のシーンですが、こういうところがあります。

捕らえられた二・二六の「蹶起」将校に対する処分について、脇敬助中尉が部下に当たる越智少尉と話している場面……。

「しかしもまさか死刑にはせんと思いますが。五・一五事件でも、求刑は死刑だが判決は十五年でありました」

「海軍は甘いのだ。陸軍は違う。今回鎮圧の方針を出した幕僚は、おそらく徹底的に維新派一掃を画すだろうな。そのためには彼らを贖罪山羊に仕立てあげる必要がある」

越智少尉は、痙攣でもおこしたように震えだした。

「もしそうだとすると……日本は暗黒に突入していきますな。財閥は富み栄え、重臣は私権をむさぼり、軍閥は皇軍を私有化し、民は塗炭の苦しみ……」

「そうだ。今までよりずっと悪くなる。日本は暗い道を歩き出したのだ」

結局、脇敬助にも、全部見えているんです。不思議な人ですね。にもかかわらず、その「暗い道」を歩いていくんですから。

一方、弟の晋助は、見えているからこそ、人生をいわば後ろ向きに進んで行って、ついに「フランスに行きたし、されどフランスは遠し」といった思いを残しつつ、自殺するようなパターンになっていくわけでしょう。

まぁ、その代わりに悠太、いえ、現実には加賀先生ご自身が行かれるわけですけど……これは、穿ちすぎか(笑)。

加賀 ここはね、こういうことなんですよ。小説のなかで、人の性格をしっかり際立たせるためには、一と一、つまり二人必要なんですね。人間が。

兄弟でも、兄と弟。ぜんぜん違う。そういう設定ね。それから、おばさんのほうは、姉と妹。こちらも、二人組ですね。

この対偶描写法は、『源氏物語』の真似なんです。

だから僕はね、谷崎潤一郎の『細雪』なんか、女四人は多すぎると思った。あれ、かえって作品を分からなくしちゃってるんですよ。源氏物語と同じように、Aがあったら必ずBがある。そうすると、両方が際立つ。

技法としては、それを真似たんです。「若紫」と「末摘花」では女主人公が顔形で対立しているし、光源氏は頭の中将と性格・立場その他で対立しているでしょう。

岳 AとBの両立か……先生、どこかでそのことを仰有ってましたね。

加賀 この人物の登場のやり方については、源氏物語をかなり意識的に真似てますね。

岳 人物を偏らせない。それが、世間とか社会、歴史を見る目を、重層的なものにするんですよね。

僕の作品『吉良の言い分』もそうなんですけど、物事には必ずいろんな面、見方がありますよね。たとえばコップ一つとっても、上下左右、どちら側から見るかで全く違うものに見えるわけです。

ただ、どちらから見るのが好きかっていうのはあります。僕はこの方向から見るのが好きだよ、っていうのはあるんですよね。

加賀 それは、そうですね。

ともあれ、僕の作品の人物は、みんな二、二、二で構成されてます。あれは全部、源氏物語の真似でございます。ここに告白いたします(笑)。

ぐるぐる廻って歴史は動く

岳 では、また話を戻しましょう。

次に、「第三章　小暗い森」の一一〇ページあたり。ここは悠太が一人称の「ぼく」で語っているんですが、「皇軍(日本帝国軍)とナチス・ドイツ軍は無敵の精鋭」だと信じている父の悠次が、こんなことを言いだす。

「どうもわからんな。新聞では多大の戦果をあげた、敵機を数百機撃墜した、敵機動部隊を殲滅した、赫々たる大戦果だと書きたてているが、戦線は膠着状態らしい」

それに対して、妻の、つまり悠太の母親が「相当の激戦のようですね」と、溜息をついて言う。悠次もまた、こう応える。

「そうだ。ソ聯軍は近代的兵器を持っていて手強い。支那軍のように簡単にはいかんようだな」

支那事変が起こって、新聞なんかでははは「勝ってる」「勝ってる」って書いてるわけじゃないですか。でも、どうもこの辺のところで、女性の直感というか、初江にはもうその実態が見えてるようで、二人の会話はこうつづくんですね。

「何ですか、あっちこっちで戦争がおきて、いやですわね」「なあに、戦争のおかげで日本もドイツも好景気だ。——国家の繁栄のためには戦争が必要なんだ。ドイツなん

かヒトラーのおかげで大国家になってきたじゃないか」

この悠次の台詞なんか、今も、日本政界のトップのどなたかが言いだしそうなことですが……当時は、日常的な夫婦の会話として、こういうのがあったわけですね。どこにでもいる、普通の日本人の夫婦間の会話で、こんなことまで話されていたんだよ、っていうのがなければ、今の若い人にとっても、あの時代の「戦争」というのがどんなものだったのか、リアルに感じられないと思うんですよ。

ついでに、このあとになると、「だからさ、天ちゃんは、ウンコもオシッコもするんだよ」といった子どもたちの会話なんかも出てくる。

天皇陛下を「天ちゃん」とよび、「普通の人間」だと悠太に教えるのは、例によって脇晋助なんですよね。初江の不倫の相手でもあるわけですけれども……その夫の小暮悠次とは、考え方がまるで違う。

父はヒトラーを英雄として崇拝していた。ベルリン・オリンピックで見た颯爽とした英姿にすっかり感激していた。オリンピックを成功させた手腕と国内の経済復興のめざましさにも讃辞を惜しまなかった。そのヒトラーを晋助は〝悪魔〟だなんて言う。

「フランスを攻めるから悪魔なの」「まあそうだ。ほかの国を攻めて領土を増やすから……もっとも、どっかの国もおんなじだが」

悠太の父の悠次と晋助、全然噛み合ってないんですね。面白いのは、あとで悠次が、自分の考えは間違っていたと謝って、子どもの悠太が「なんで、早くそれを教えてくれなかったんだ」とか言うところですよね。大河ドラマとでも言いますかね。ずーっと流れていきながら、あちこちで渦が巻き、反転や逆転がある……本当に呼吸の長いドラマです。そういう意味でのすごさも感じました。

加賀 有り難うございます。

岳 バリバリの軍人で、二・二六のときに自決してもおかしくなかったような軍人が、あらら、戦後には、民主政治家になっちゃったりとか……日本人って、確かにそういうところあるよな、みたいなこと、みんな共感するんじゃないですか。

加賀 そうですね。ところで、このあとに出てくる『紀元二千六百年』という歌、若い人はご存知ないでしょうね。

金鵄かがやく日本の

はえあるひかり身にうけて
いまこそ祝えこのあした
紀元は二千六百年
ああ一億の胸は鳴る

という歌なんですが(笑)。

岳 僕は歌えませんが、聞いたことありますね。

加賀 僕は安倍(晋三)さんが「一億総活躍社会」なんて言ってるのを聞くと、これを思いだすんですが。けっこう立派な曲ですよね。

岳 今の若い人は、知らないでしょうね。

加賀 僕らはもう、酔っぱらうと必ず、これが出てきてましたから。

岳 これは、いつ頃ですか。

加賀 紀元二千六百年っていうのは、昭和十五年ですね。

岳 日米開戦は、翌昭和十六年でしたね。

加賀 ええ。十二月八日ですね。

岳　その日米開戦ですが、それは「第四章　涙の谷」からですね。

「臨時ニュースを申し上げます。臨時ニュースを申し上げます。大本営陸海軍部、午前六時発表。帝国陸海軍は本八日未明、西太平洋においてアメリカ、イギリス軍と戦闘状態に入れり。繰り返します。大本営……」

最初に『軍艦行進曲』が鳴って、そのあとでアナウンサーにこうやって臨時ニュースを申し上げられると、ほんと恐ろしい感じがしますね。

加賀　じっさい、びっくりしましたよ。

岳　これは、先生が現実に、お聞きになられたんですか。

加賀　僕は聞いてないかな。聞いたというのを、あとで聞きました。あのとき、早起きの子はみんな聞いてるのね。そうじゃない子は、学校に行ってから、みんなに教わったんです。

僕は教わってるほうで、ぼんやりしてたんでしょうね。

岳　で、日米開戦があって、だんだん日本がまずくなってきて……その後、利平が薬物中毒になって精神病院に入っているわけですね。

加賀　世田谷の松沢病院ですね。

岳　「第五章　迷宮」のは、こんなふうにはじまります。

年が明け、昭和二十年となった。正月と言っても精神病院では格別の催しはない。薄い餅の雑煮が配られたがお節料理もなく、まして人の集いもない。職員たちはどこかへ姿を消し、患者たちは各自の室内に片付けられた。利平も扉に鍵が掛けられて、独房の囚人となった。

このとき、利平はまた日露戦争のことを回想しているわけですね。すなわち、ここで時間は、敵機による大空襲から原爆投下、そして敗戦……終戦へと近づいていくんですが、その時点で、なんと利平は、昔の日露戦争のことを思いだしている。こういうところがまた、面白いんですね。時間も何十年か前にバックするんですよ。それが、割と自然に入ってくるんだなぁ。

加賀　これはね、監禁されているからですよ。あとで、刑務所に監禁されている人も、昔のことを思いだすっていうシーンがあるでしょう。あれと同じ趣向なんですね。昔のことを回顧する以外に何もすることがないっていう。

岳　片方で、戦争が起きて……日米開戦ですよね。何かこう、だんだん、日本が、戦況というか、形勢が不利になってくるわけじゃないですか。でもそこのところで、利平は精神病院の一室で、日露戦争のことを思いだしてるわけですね。

加賀　さっきの引用部の「利平も扉に鍵が掛けられて、独房の囚人となった」という、この部分が象徴的ですね。

　ここが導入部なんです。そこで身動きがとれない中で、昔のことをいろいろと思いだすっていう心理が普通になる、いわば許容されるわけですね。

岳　夏江が持って来た新聞を読んで、自分の世界に入っていくわけですね。ある意味、「こんなはずじゃなかった」みたいな気分もあったでしょうね。日露戦争のときは、あんなに格好良く勝ったのに、っていう感じの。

まぁ、あとから振り返ってみると、あれが最初のつまづき、日本がロシアに勝ったのがいけなかったという人もいますけどね。

加賀　いやぁ、いろいろと日本は悪いことをしましたね。朝鮮を併合して自国領にしたり。韓国の人は、それは忘れないですね。

　そうするとそこから、関東大震災のときに提示した朝鮮の人の物語がまた、生きてくる。そういうふうに、ぐるぐるぐるぐる廻って、歴史っていうのは動いてると思いますね。

超リアルな東京大空襲

岳　この辺で私が一番すごいと思ったのは、この東京大空襲のあたりの描写ですね。初江が疲れきって、倒れちゃって……っていう場面なんかもありますけど。

さっきから数限りない屍体を見慣れてしまい、屍体への同情も気味悪さも無くなってしまっている。もっとも、こんな思いをくつがえす、物凄い光景をつぎに見ることになるのだが。

まさに、その場にいないと書けないんじゃないかっていうところですよね。このあとの描写で、死屍累々たる様子が細かく描かれています。

狭い川には浮いた屍体に別な屍体が重なり、下の人は溺れ上の人は焼かれ、二重三重になって、全体がゆっくりと揺らいでいた。ここには死者のあらゆる様相が集められてあった。水の中の人はふやけて青く、中ほどの人は窒息死らしく妙に赤い皮膚と

完全な衣服をまとい、上の人は炎に焼かれて、トマトを剥いた具合に爛れ、さらに上の人は真っ黒に炭化していた。ついきのうまで生きて食べ話し笑っていた人々が一夜にして異形の死人に変化させられた。

こんなふうにつづいていくんですが、このあたりは、深く溜息が出るような感じですよね。僕らは死体が幾重にもなっているだなんて光景、もちろん見たことないじゃないですか。

それにしても、たいへんなリアリティがありますよね。

加賀　これはね、写真があるんです。空襲で焼かれた人の死体を撮った。

岳　写真ですか。

加賀　それを見たとき、僕はびっくりしたなぁ。

僕が見たのは、名古屋の惨状だったたんですけど、描写として東京に持ってきたんですね。この部分を読み取って下さって有り難うございます。とても良い読みだと思います。

岳　僕はね、このシーンで、妙な感動をしてるんです。こういう悲惨な情景の中で初江が倒れたときに、戦争賛成のはずの悠次が、初江の身体をリヤカーで運んでいくんですよね。あの親父、じつのところ、鼻持ちならない嫌なやつなんですよね。あれ?……先生の実のお父さんがモデルでしたっけ。こりゃ、まずいかな（笑）。ゴルフのクラブかなんかで、息子の悠太に大けがを負わせたり、麻雀だなんだで家に帰らなかったり、まぁ、ろくなもんじゃない。でも、あのシーンだけで、なんか良いやつだって思えますよね。見直すっていうのかなぁ。

自分も重い糖尿病で危ないというのに、必死にリヤカーを引っ張っていく。だから人間のそういう部分……嫌なやつだなと思っても、それだけではない、良い面だってあるっていうかね。そこをちゃんと見るっていうのは、先生の人柄のゆえでもあろうし、一つの思想でもあると思うんですよ。

だいたい、利平がそうですよね。さっきも言いましたけど、ほんと、あんなわがままな爺さん、付き合ってらんねぇよって感じなんですけど、だからこそ逆に、時々ほろりとさせますよね。

加賀 そうでしょうね。よく読んで下さって……。

岳 壮絶な空襲があって、ものすごい場面がつづくわけですが、いろんな人の目で、ナラティブがどんどん変わっていく。変わり方が、普通だと章を変えたり、項目を変えたりするわけですが、そうじゃなくて。

ただの改行。何月何日朝、とか、もうそれだけで話者だの、登場人物だの、変えていくじゃないですか。

しかし、ここまで読んで慣れてくるとね、もう六章目くらいになってくると、それが当たり前になってくるんですよね。

戦争賛成のやつも反対のやつも、入れ込みになってくるというのも、面白い。そのあたりに、たいへんなリアリティを感じました。いろんな人の、いろんな目線があるということですよね。

たとえば、「第六章　炎都」の中盤では、次のようなアメリカ人宣教師・ジョーの分析があるわけですね。

要するに、一昨年滝川事件を引き起こした文部官僚、今年になってから美濃部達吉名誉教授の天皇機関説は国体に反するものとして批判の矢を放っている貴族院や政府よりも、もっと極端な軍部中心主義、天皇主義が若い将校らにあるらしいというのが、ジョーさんの分析であった。

と、こう書いてある。これから日本はどうなるのでしょう、とつづくわけですけどね。ジョーはこのあたりから日本人の中で、だんだん排斥されていくわけです。日米開戦で、敵国の人間になるわけですから。
ところが、あとのほうになって、日本が負けてから、菊池透と再会する。そのときにジョーさん、勝った国の人としてのジョーさんがやってきて、「空襲も原爆も間違ってはいないんだ」って発言する。読者からすれば、この人はいい人だと思ってた人が、急に嫌なやつに変貌する、さっきの悠次とは、逆のパターンになってくるわけですね。

加賀　人間って、裏表のほかに上下もあるし……非常に複雑な結晶体ですね、人間というのは。

岳　次は、同じ第六章の後半、八月六日の話になります。
まずはいきなり、新聞記事のような書き方です。

大本営発表（昭和二十年八月七日十五時三十分）
昨八月六日広島市は敵B29少数機の攻撃により相当の被害を生じたり
敵は右攻撃に新型爆弾を使用せるものの如きも詳細目下調査中なり

まぁ、言ってみれば、いかにもノンフィクション的な入り方ですよね。そしてその直後に、なんと、ごく日常的な景色が出てくる。

八月九日　木曜日

駅前に出た悠太は、思わずほっと溜息をついた。居並ぶ店々は威厳に満ちた面構えで、甍を朝日の後光で晴れやかに飾り、看板や暖簾でおのれの家業を誇らかに示していた。ポールを光らせる電車も、出勤の途次らしい人々も、夜から目覚めたばかりの街に調和して、おのがむきむきの役割を果していた。それは何だか理想の夢の街のようだ。日本にもまだこんな都会があったのだという安堵と懐かしさで、彼は佇んでいた。焼け跡の、ざらざらと荒れた光景に疲れた眼底が、今、和んでいる。

大空襲を逃れた金沢の街の様子ですが、こういうところもかえって凄いな、と思いました。最前、引用した空襲後の東京の陰惨な光景とネガ・ポジみたいな印象で迫ってくる。やっぱり、最初に言ったように、この『永遠の都』は、いわゆる普通の純文学の小説であると同時に、どこかに巧く歴史とか時代の流れというのを織り込んでいるんですよね。

加賀　そう読んで下さると、私も実に嬉しいですよ。

奥行きのある文章を作るには、一つは、この大本営発表のようなつまらない文章をぽんと出して、その裏に何かあるぞ、ということを窺わせておいて、個人の知覚になる、という転換みたいなものを作者のほうは狙っているんですね。いろいろな仕掛けを考えて、文章を書いていましたね。

岳 これはだから、この時代だからこそ、やれることなのかもしれないし、あれだけの長さがないと難しいですよね。短篇ではなかなか出来ないことですよね。

加賀 出来ないですね。

「玉音放送」と終戦

岳 そして、運命の八月十五日。この前後はずっと、いろんな人の「午後九時過ぎ」とか、時間によって、一時間おきくらいにナラティブが変わっていくじゃないですか。

そのピークといえるのが、やはり、玉音放送ですね。これを悠次は勤めていた保険会社の社長のラジオで聴く。

「ただいまより重大なる放送があります。全国聴取者の皆様御起立願います。天皇陛

下におかせられましては、全国民に対し、畏くも御自ら大詔をのらせたまうことになりました。これよりつつしみて玉音をお送り申します」音声は明瞭で雑音もない。社長のラジオは高級品で性能がいい。悠次はほっとし、誇らかに息を吸った。

この陛下の終戦を告げる放送はまぁ、今の若い人でも、あったということは知っていて……いや、だんだん知らなくなってるかもしれないですね。

加賀 当時は、みんな立って、気をつけをしながら聞いたんです。「反射で社長も一同もさっと直立不動に凝固した」という部分がありますよね。

それにここでは、天皇の呼称が全部出てくるんです。

君が代の演奏が終ると、いよいよ天皇陛下、大元帥陛下、上御一人、現つ御神、現人神、皇尊、聖上、主上の玉音が流れた。

こういう具合ですね。

岳 何しろ「玉音」っていうんですからね。それは本当に、今の若い人たちには分からないだろうな。

加賀　でもね、昭和天皇が日本国民にプレゼントした最高のものだったんですよ、これは。
岳　どういう意味ですか。
加賀　だって、軍部は降伏に反対してたわけ……降伏を軍部に納得させたのは、この瞬間なんです。

陛下が漏らしてしまったから、これから抵抗しても駄目だなって、多くの人が思った。だから天皇は二・二六事件のときと、戦争終結のときと、二度、日本国民にプレゼントをした。二・二六のときは、たくさんの大臣を殺した人たちに対する態度は、厳然として、人殺しはいかん、テロリストは駄目だ、と主張した。そのために、しばらくのあいだですけれど、国家の安寧というか、秩序が保たれた。

この玉音放送も、軍部は断固戦いたいと言っているのに、天皇はもう戦えば日本が戦場になる。そうなれば、日本国民の半分は殺されるだろう。そうしたら、日本の国家の再出現は有り得ない。だから断固として降伏だ、と言ったんですよね。

それは、昭和天皇の偉かったところだと思います。あの人がいなければ、そうはならなかったと思います。

たった一人の人間が全国民を救ったのは、この二回です。
岳　しかし、次のくだりはまさしく「歴史小説」の一場面として、「永久保存版」にしてお

きたいところですね、
　彼の苦手の漢文調で全部は理解できないが、「共同宣言ヲ受諾スル旨通告セシメタリ」のくだりだけは明瞭に聞き取りえた。つまり降伏である、と知ったとたん涙が溢れ出た。もう止まらない。降伏の予兆は多々あったが、天皇陛下より伝えられるとはっきりした。日本は敗けたのだ。満洲事変から数えて十四年、支那事変から数えて八年、大東亜戦争開戦から四年近く、戦争戦争で激戦・戦死・特攻・玉砕・欲しがりません勝つまでは・困苦欠乏・飢え・疲労で頑張ってきた国がこれで一転、鬼畜米英と憎み蔑んできた外国の支配下に置かれるのだ。
それとですね、小説の中では、そのあとの場面で、悠次が、二重橋前の玉砂利に顔を押しつけていた、息子の悠太くらいの年齢の少年に向かって、話しかけるシーンがありますよね。
　君たちが悪いのではない。悪いのは戦争を起こした大人たちなのだ。そう、おれ自身も悪かった。気の進まぬ悠太に陸軍幼年学校への進学を勧め、脇敬助に頼んで説得までしてもらった。軍人の未来を夢見、日本の勝利を信じていたあの子は、どんなに衝撃を受けているることだろう。ほんの十日前会ったときに、日本は敗ける、だからその日のために心の準備をしておけと、なぜ言ってやらなかったのだろう。

終戦をめぐっては、本当にいろいろなことがありますね。このあとも、狷介な政治家の風間振一郎が根っからの軍人の脇敬助を、こう言って口説き落としたりする。

「敬助君には悪いが、これから米軍が頑迷固陋な軍人どもの頭を抑えてくれるのは、われら政治家にとって好都合なんだ。君も軍人をやめて代議士にならないか」

それで、こんどは悠次と悠太の父子の会話が、何というか、この部分こそは、今の若い人たちに読んで欲しいところですね。父が息子に「日本が敗けるとは思わなかった」と話している場面です。

「正直言ってソ聯が参戦したときは敗けるかもしれないと思ったな。北からソ聯、南から米という二大強国を相手には皇軍も勝ち目はないと……」

「もっと前にわからなかった？」

「どういう意味だね」

「ソ聯が参戦する前に、もっと前、原子爆弾が落ちる前に、沖縄が落ちる前に、レイテで敗ける前に」悠太は涙声になった。「もっともっと前、サイパンの玉砕、クェゼリン、ルオット、マキン、タラワの玉砕の前に、日本が敗けると思わなかった？」


この悠太の台詞ですね。ずっと日本は勝っていると幼年学校で教えられていて、それはまぁ、ほんと口惜しかったでしょうよ。

このあとはさらに、こうなります。


でも皇軍はじりじりと押されて、サイパンの玉砕とインパールの転進のあと東条首相がやめて、とうとう制空権を敵に奪われて日本中が空襲されて、レイテ戦を天王山と呼号した小磯首相もレイテの転進と硫黄島の玉砕のあと敵が沖縄に上陸したらあわててやめて、今度は本土決戦だと叫び続けていた鈴木首相もソ聯の参戦と原子爆弾で敵に降伏してやめて、偉い人はやめれば責任を取れるけど、勝利のために戦って散華して行った英霊はどうやって慰められるんだ。偉い人の言う勝利を信じて敵艦に体当

たりした特攻隊の人はどう弔われるんだ。

この辺のところ、悠太、すなわち先生の分身である、幼年学校を出た主人公の悠太の気持ちが、よく分かりますよね。これは先生の実感でもあったんでしょうか。

戦後を生きるということ

加賀 僕はこの辺のことは、別の小説『帰らざる夏』でずいぶんと書いているんです。あれを断片的に思いだしながら、この小説でも活かしてみたわけですが……あちらのほうがより詳しく、時間の推移など、細かく書いてあるはずです。

もう僕は、幼年学校ほど嫌な学校はない、と思ってましたからね。

岳 そうでしたか。

加賀 ええ。戦後も、幼年学校の同窓会だけは行かなかった。僕はいじめられたんですよ。いじめられっ子だったんでね。

みんな僕よりも背が高いし、地方から来てる人がいっぱいいるから……地方の農業の家にいると、食べるものはいっぱいあったからね。あの頃は、いわゆる百姓っていう人たちが、たくさんものを食べられて、潤ってたわけです。

そういう人の息子たちは筋骨隆々だから、僕なんかは「なんだ、お前みたいな青白い都会人が」っていうのでバカにされて、何かっていうと暴力を振るわれるしね。

そんなようなことが、ちょっと僕の小説にも出ているのかもしれない。

岳　文藝評論家で、私の師匠でもあった秋山駿さんも、本当に軍国少年だったそうです。よく言ってましたよね、秋山さん。戦争が終わって、どうして良いか分からなくなったって。少年時代の真っ白な頭の中で、価値観が逆さまになるわけですからね。

それと今、先生が幼年学校の同窓会の話をされましたが、それに関して、私にも一つ話があります。

うちの親父はビルマのインパール作戦っていうんですか、その戦場から文字どおり、九死に一生を得て帰ってきたんですけど、一緒に戦った人たちが集まる「戦友会」ってあるじゃないですか。一回、親父について行ったことあるんですけど、すっごい嫌だった(笑)。

加賀　ああ、嫌だ嫌だ(笑)。

岳　最初は仲良くしてるんですけどね、だんだん思いだしてくるんでしょうね。「あのとき、てめぇによく殴られたな」とか、はじまるんですよ。

本名は私、井上で、父の名は一男っていうんですけど、「カラスの鳴かん日はあっても、井上の泣かん日はなかった」とか、その場で聞かされたりね。

でも結局、生き延びたやつは、みんな臆病者なんですよ。それで、戦後に私が生まれたわけなんで……親父が臆病でなかったら、こんなインタビューの達人も生まれない（笑）。

九死に一生どころか、三百人中一人くらいの確率でしか、帰ってこれなかったそうです。ビルマ戦線では。

加賀　ビルマはとくに、ひどかったよね。あれは、飢餓で死ぬんです。食べるものがなかったんですね。それで死んでいく。

するると、死体をみんなで食べていた。それで逃げて行ったっていうことで、人肉食が公然とおこなわれたんです。ビルマ戦線では。


岳　腐った馬を食べたやつは死ぬ。それにたかる蛆を食べたやつが生き延びる……そんな話も聞いたことがあります。

だから、ほんとうは格好悪いんですよ、生き延びていることが。だのに、何で戦友会なんて、やるのか。

分からなかったけれど、死んだのも悲惨、生きて罵りあってるのも悲惨、僕はそれを感じさせられました。戦場に行ってきた人間を目の当たりにしたというだけでも、今や貴重でしょうね。

戦友会なんかでは、まざまざと見せつけられましたもの。

加賀　幼年学校の同窓会でも、そんなことがあるんですよ。軍隊における制裁秩序っていうのは、嫌なものですよ。本当に。

浅田次郎は、戦後も自衛隊で同じようなことがあった、と書いちゃったでしょう。非常に物議をかもしたけれども、本当のことだと思うな。

岳　普段は何ともなくても、酔うと、そんな困った性格が出てくる人もいますしね。

あの頃は、日本が入り乱れていたっていうかね、戦後のどさくさのさなかで……小学校でもそれこそは「赤」か「主義者」かみたいな先生がいたかと思えば、特攻帰りみたいな先生もいたりして。

加賀　戦友会をみんなは懐かしくてやるんだろうけど、昔の恨みをはらしたいっていう人もいるんだろうから、たいへんになるんですね。

岳　そして小説『永遠の都』第七章の「異郷」ではまた、「ぼく」というナラティブになる。

神国日本が未曾有の国難に遭ったのに神風も吹かず、鬼畜米英に敗れたというのが、ぼくが最初に覚えた驚きであった。沖縄の失陥のあと、ソ聯が参戦し、原子爆弾が二発落ちたし、本土決戦は近づいているという自覚はあったが、そうして夏江叔母が言

ったようにいつかは日本が敵に降伏することもありうるとは考えていたが、それがこのように簡単に天皇の放送だけで告げられたことが意外であった。

こういう告白があって。そのあとで、こんなふうにつづける。

その反面、助かった、これで死なずにすむという安堵もたしかにあった。男の子として将来兵隊に取られると考えた幼い頃から始まって、陸軍の軍人となると決めた現在まで、死はいつも間近な未来として脳裏にちらついていた。

そしてさらに、つづきます。

ぼくの人生最初の記憶、暗い家の中で女に抱かれて、外へ行き、街路樹のくっきりとした影を見たという場面が、母の言うように二つか三つの記憶とすれば、その頃すでに、満洲事変が勃発していたのだ。以来、戦争は川が切れ目なく続き広さを増すようにして、小学校二年生の時に支那事変、六年生の時に大東亜戦争と拡大しつつ、ぼくの短い人生を彩っていた。

やっぱりこの辺が、一つの日本の近現代の……。

加賀　要約ですね、いわば。それを一人称で書いてある。

岳　そして最後の最後、第八章「雨の冥府」の初江と夏江の姉妹がやりとりする場面にいくわけです。

加賀　横浜の埠頭で、夕暮れを見ている場面ですね。

岳　そうです。たとえば、こんなふうに書かれている。

「戦争で大勢の人々が殺されたわね」と初江が呟いた。「世界中で恐ろしいほどの殺人が行われた。男も女も子供も老人も、蚤や蠅が駆除されるみたいに無造作に殺戮された。とくに戦場に駆り出された男たちが大量に抹殺された」

「あら不思議」と夏江が叫んだ。「わたしも同じようなことを思っていた。鷗たちは原子爆弾で殺された子供たちの霊の化身だなんて思っていたわ」

加賀　鷗が列をなして飛ぶんですね。あの鳥は、不思議な習性があるんですよ。夕方になると、長い一列になって、飛ぶ。

岳　ここのところで、姉妹の回想の中に、「安西」っていう朝鮮の人の（日本）名が出てきますが……本名は、安在彦ですか、最後のこの場面で出てくるってことは、重たい人だったんでしょうね。小説中の人物として、重要な役割。

加賀　そうです、重要ですね。

岳　関東大震災のときに、岡田という自警団の大工が、安西こと安在彦に、一種のリンチをはたらく……凄惨な場面ですよね。この時代は、先生はお生まれになっていませんから、想像でお書きになったんでしょうけれども。

ここもまた、日露戦争のことを語る利平とは違うかたちではありますけれども、利平の側に立って書いてますね。

加賀　それは、誰が思いだしているかによって、書き方が全部変わるわけですからね。

岳　一貫して平和主義者で通し、時の官憲に拘禁されたりもする菊池透……この人は敬虔なカトリックとしても描かれているわけですが、先生もカトリックですよね。

しかし、どうなんでしょう。これを書かれたときには、先生はまだ洗礼はなさっていなかったんでしょうか。

加賀　実は、二・二六事件を書いているときに、僕は一度つまづくんです。書けなくなった。

何でだろう、と考えてみると、登場人物が洗礼を受けるシーンを書こうと思っていたんですよね。いったい、それをどこでやったら良いのか、迷っているうちに、「何言ってるんだ、洗礼とは何かっていうのを、自分で経験しないと分かんないよ」って思ったわけです。

そこで、駆け込みで洗礼を受けてみて、それから書きはじめた。

変な話だけど、作品が洗礼を呼び込んだんですよ、僕の場合。「やっぱりなぁ、洗礼なんか受けると、カトリック作家とかってレッテル貼られて、みんなにバカにされるんだろうなぁ」なんて本当に思ったけど。

大庭みな子さんなんか、僕に向かって「絶対、受けちゃ駄目よ」なんて言ってたんですけど(笑)。

岳　受ける前から、ご興味はあったんですね。

加賀　そうですね。何が起こるのだろう、と思って。洗礼で何かが起こるのか、と。

岳　『宣告』を書かれたときは、まだ洗礼は受けられていなかったんですよね。

加賀　あれは、空想。まぁ、人間がただ頭で考えたもの、ファンタジーで物思いするのと、自分がある行為に一歩踏みだして、それを見るのと……その差でしょうね。

僕は洗礼という行為そのものについては、それがある人とない人と、違うだろうと思っています。

岳　最近の朝日でしたか、新聞に書かれてましたけど、遠藤周作氏に無免許運転だと言われたとか。

加賀　彼はそう言ってましたよ。「どっか吹っ切れてないんだ、洗礼を受けてない人は。悩んでるんだ。それは本当の信仰じゃねぇや。そんなものじゃねぇんだ」って。

岳　確か遠藤先生は、若い頃に洗礼を受けられているんですよね。

加賀　十二歳。遠藤さんはおっ母さんに言われて、洗礼を受けた。「神様を信じますか」と神父に尋ねられ、「はい」と答えただけだというのです（笑）。

マルクスの『資本論』を真似る

岳　そんな若いうちに免許をとっちゃったわけですね。

でも一方では平気で、狐狸庵先生などと称して、ふざけたことばかりなさっていた。

あの人は「三田文学」での僕の先生だったんですけど、けっこう、いい加減な先生でしたよ。

加賀　いい加減な自分を示すようで、じつは真面目な人でした（笑）。

岳　僕に「お前、『ムッとした』なんて絶対書くな」と言っておきながら、遠藤先生の『おバカさん』という小説を読んだら、やたらと「ムッ」って書いてあるんですよ(笑)。

加賀　面白い人だけど、そういうところあったね(笑)。

岳　洗礼を受けちゃうと、あとはかえって気が楽になるのかな。キリスト教の洗礼も、どの年齢で受けるかで、それぞれ違ってきますよね。

先生自身は以前から、クリスチャンであるという意識はありましたか。

加賀　僕は洗礼を受けるまでは、あまりなかったです。想像してただけね。

だから『宣告』の文章では、ちょっとそこは弱かったな、と思うところがあります。ああ、やっぱり遠藤さんは、そういうところを見てるんだなぁと思って……それが、吹っ切れてない、ということだったんでしょうね。

岳　先生のご家族は?

加賀　僕の母がクリスチャンですね。女房はプロテスタントには詳しかったけど、カトリックのことはあまり知らなかった。だから僕と一緒になってカトリックに改宗したんですよ。その後も、プロテスタントの立場から、いろいろ言ってましたけどね。だいぶたってから、夫婦二人して洗礼を受けたんです。

岳　その……洗礼を受けるっていうのは、なかなか難しいことでしょうね。

加賀　でも、洗礼を受けるっていう簡単な行為をするとしないとでは、全然違うんです。なぜかは分からない、僕には。

岳　僕は前に空海の本を書きましたが、真言宗では灌頂《かんじょう》っていうんですけどね。いわば頭に聖なる水をかけてもらう儀式なんですが、これも何か、洗礼に似てますよね。

僕はね、この宗教の問題っていうのとは少し違うかなと思ったけれども、やはり『永遠の都』の中で……セツルメントで菊池透が働いていて、そこで夏江と出会うというところの描き方ですね。そこにまた、コミュニストも出てくるわけじゃないですか。

その両者の違いっていうのかな。同じところで同じように人々のために尽くしていても、キリスト教信者とコミュニストとの違いっていうのが出てきているんですよね。

これは日本の近現代にあって、一つの社会的な活動の分野でおたがいに頑張っているはずなのに、どこかですれ違ってしまう……そこのところが、よく描けているとは思います。

加賀　それはたとえば、マルクスの『資本論』なんか読んでいると、あの中に、キリスト教徒としか思えないようなことをマルクスは書いている。だから、あの人のマルキシズムっていうのは、キリスト教の影響が非常に大きいんです。困ってる人を助けなきゃいけないとか、病気の人をそのまま放っておくのは罪であるとかね。

そして、一八世紀から一九世紀にかけてのイギリスの資本家が、いかに酷薄で残虐なことをやってきたかとかも書いている……じっさい、ロンドンやインドでの搾取の場面なんか、ものすごい描写ですね。

マルキシズムの感覚はすべて、キリスト教にそっくりなんです。マルクス自身はキリスト教を許容してるんですよ。ほとんどすべて、認めてるんです。

二人は同じようなことを言ってるんです。対立は別にしていない。なのに、マルキストの共産党員とキリスト教徒ということになると、おかしなズレが生じてしまう。僕の小説では、その辺のことを対話のかたちなどで案配してるんです。

岳 だから、一緒に牢屋というか、収容所みたいなところに、菊池透と純粋なマルキストとおぼしき人が入れられていて、いろいろ話したりしているんですが、端から見ると同じように見えるわけですね。

加賀 だいたい、あの『資本論』というのは、ものすごくたくさんの人間が出てくる。少年も出てくるでしょう。

岳 先生は『資本論』を全部読まれたんですね。すごい。私、経済学部の出身なんですけど、あれ、読みだすと眠くなっちゃって……ほら、分厚いせいもありましてね、枕になっちゃった(笑)。

加賀 ありゃ、そうですか。あんなに面白い読み物はないですよ(笑)。シェイクスピアの引用なんかも、しょっちゅうあるじゃない。

岳　そこへ行く前に寝ちゃうんですよ（笑）。

加賀　そうかねぇ。

でも、この『永遠の都』を書くために『資本論』を読んでいて、ずいぶんと真似してるんですよ。だから、この物語のベースにあるのは、実は『資本論』と『源氏物語』。

岳　同じマルクスが書いたものでも、『共産党宣言』のほうは、えらく短いじゃないですか。あれなら、簡単に読めちゃうんですよ。だけど、『資本論』は分厚いんもんなぁ（笑）。

加賀　その長いのが面白いんだって。真ん中あたりが面白いんだよ。

岳　こりゃあ、やっぱり、先生には勝てないや。勝てないから、すぐに話題を変えましょう（笑）。

すべての宗教は同じ

岳　もう一つ、私が面白いと思ったのは、今でも謎が解けないでいますが、みんな宇宙宇宙って言うけど、宇宙の果てに何があるのか。誰もそれには答えてくれない……この小説の主人公、悠太もあちこちで、そういうことを問うていますよね。

どんなに大きくなろうとしても、宇宙の先まで見通すほどには大きくなれない人間というもの。僕はそこのところ、近代科学の限界ともいえましょうが、その辺が宗教というものの始まりだろうなって思うんですけど。

僕が最初に思ったのは、無限大っていうのが、ずるいってね。それに、ゼロっていうのも、ずるいって思ったんです。ゼロは「ない」ということのはずなのに、「０・０５」とか言うじゃないですか。マイナス何度、とかもね。それって、何だかおかしいな、と。

無限大なんて、現実にはないじゃないですか。理屈だけだ。

加賀　でも、仏教じゃ「阿弥陀」っていうでしょう。「阿弥陀」って「無限」って意味だもんねぇ。「南無阿弥陀仏」っていうのは、「無限よ、ありがとう」って意味なんでしょう。

岳　私はね、イスラエルのイェルサレムに行ったことがあるんです。二十歳のときでした。先生も巡礼みたいな格好で行かれたようですけど、僕の場合は無銭旅行みたいなもので……ちょうどアラブとの戦争の直後で、あの頃も、いろいろ揉めていたんですよね。それで食事していたレストランのすぐそばで時限爆弾が爆発したりした。

それから、僕は三十五歳でインドに行ったんですね。「人生の折り返し点」とか言ってたけど、最初の女房と別れて、インド放浪。そのとき、重症のアメーバ赤痢にかかって、三日間意識がなくなっちゃって。四十何度の熱が出たらしいんですけど。

光のあふれる中でね、ただふわふわと漂っていて、このまま無の世界に行くのかなって……僕はいまだに洗礼も灌頂も受けてはいないけれど、ただ、空海を書くまでに至った、仏教とかキリスト教徒とか、宗教に興味をもったっていうのは、そのときの経験が大きいですね。

無限大とは何か違うような気がするんですけど、先生もどこかでお書きになっていらしたように、阿弥陀みたいなものはありますよね。

僕に言わせれば、神でも仏でもいいじゃないか。どちらも皆が言うところの「宇宙」であって、同じものかもしれない。

僕が今、書いている行基なんかも、心の目みたいなものを大切にしている。心眼で物を見よ、とか。空海もそうなんですけど、彼は、どんなものにも仏性は宿っている、人は生まれながらにして仏なんだ、と言ってるわけです。

無限みたいなものは、そういうことに付随しているのだろう。疑ったらきりがない、と。最近では、そんなふうにも思えているのですが。

先生の場合は……小説中の悠太もですけど、もっと早くに、どこかで吹っ切れたんですかね。

加賀　詮索するのが馬鹿げてるっていうふうには、思うわけね。

遠藤周作の『深い河』に書かれているのは、最終的にはあらゆる宗教は同じだっていう思想なんですね。ヒンズー教もキリスト教も仏教もイスラムも、すべての宗教というのは、その深さにおいて、そして人に対する憐れみの心において、同じだというところに到達しちゃうんです。

僕は最後に、遠藤さんと『深い河』の書評を兼ねて対談したんです。そのときに、彼はこんなことを言っていましたね。

どんなに熱心なキリスト教徒といえども、全世界の全部の人間をキリスト教徒にするなんてことは不可能だろう、と。そしたら、共存するよりしょうがないだろう、って。

僕もそう思いますって言ったんだけど。そういうところに、人類は到達しちゃったんですよ。今は、スマホのおかげで(笑)。

岳　本当はそうなんですけど、現実の世界ではまだ、ナントカ国を作って、テロをやったりする人もいて。

加賀　だから、あの人たちが間違ってることは明らかですよ。

あれは本当の宗教じゃないですね。あらゆる宗教には憐れみの心がある。憐れむってことは、人を愛するということ、ラブのほうにつながるのでね。

キリスト教だろうが仏教だろうが、イスラムだろうが、それは変わらないんです。

岳　私はね、ちょっと前まで、神道ってよく分からなかったんですけど。古神道と今の神道って、違うんですね。明治になって、国家神道ができて、廃仏毀釈みたいな、訳の分からないことになってしまった。

加賀　国家神道っていうのは、駄目なんですよ。一つには、あれが日本を駄目にした……けれども、そうじゃなければ、逆に良い方向に進んだんです。古神道は、ものすごく良いですよ。

岳　八百万の神っていうのは、大きな宇宙があって、神様がそこにいるよっていう意味では、キリスト教も同じなんですよね。

加賀　出雲へ行くと、ほっとしますよ。八百万の神様がずーっと海から来る、というイメージで。あれは、実に素晴らしい。

岳　僕は、それが自然だと思います。

加賀　自然なことを信ずるのが宗教であって、宗教の発端は分からないんですよ。生命っていうのは誰が作ったのか、分からないのと同じように。

だけど宗教で一番大事なのは、生命でしょう。生命っていうのは、人間も蚤も同じようにあって……ほとんど似ているわけです。人間と蚤っていうのは、九十八パーセントくらいまで似てるんですよ。

そんなもの、誰がどうやって作ったのか、分かんないですよね。

そして、いまだに人類は生命を作りだすことが出来ないじゃないですか。科学では絶対に出来ない、と僕は思う。

すでに出来上がった生命を掛け合わせるっていうことは、出来るかもしれないけど、それ以外のことは人間には何一つ出来ない。そこに宗教があるんですよ。そういう不思議な世界がある。

それを信じようっていうのが、宗教だと思うんです。

宗教論が必要です

岳　私はね、ひどく下手くそだったんで、あまり人には見せられないんですが、若い頃、学生時代ですが、「文学早慶戦」という訳の分からない同人誌をやっていたときに、『水底』っていう小説を書いた……とても人には見せられないんですけれども。
なぜ見せられないかというと、文章も下手ですが、すっごい素朴なことで悩んでたわけです、当時。これは登場する女の子に言わせてるんですが、「無限も怖いし、有限も怖いわ」みたいなことですね。

でも、素朴すぎるけれど、まさにこれは一番基本的な、人間の問いかけだと思うわけですよ。今でも本当は、同じことを考えていますもの。

無限に生きつづけるなんて言ったら、ぞっとするし……しかし明日死んじゃうって思っても、ぞっとするし。人間っていうのは、そういうことを考えたらキリがないんです。

加賀　キリがないんだけど、考えるんです。人間は。

そして自分たち人間の未来を考えたときに、どうしたって自分たちは死ぬんだってことは、認めざるを得ないですよね。だけど、死ぬこと以外のことはすべて、起こるか起こらないか分からない。

たった一つ、死だけは確かなんです。他のことはすべて分からないんです。大金持ちになるか、貧乏になるか、素晴らしい小説を書くか、書かないか。すべて、分からない。

ところが、死だけは確実に存在しているんですよね。

で、こんなに複雑怪奇な世の中において、ありとあらゆる現象が存在するのに、どうしてたった一つ、死だけが確実な未来なのか。分からないんです。

だから、宗教は成り立つんです。

岳　それと、やはり先が……未来が見えない。たとえば、こないだの震災で亡くなった方たちだって、その数時間前に、まさかそんなことになるなんて思っていなかっただろうし。

加賀　その瞬間まで分からなかったわけですからね。ある意味、とても宗教的な瞬間ではあったというかね。

岳　まぁ、現代の問題、三・一一の震災時に起こった原発、原子力発電所の事故などについては、次回に、より詳しく話したいのですが。

加賀　少し宗教論っていうのにも触れていただけると、いいですね。

結局、僕は、宗教論がない文学っていうのは、何だか物足りなく感じるんだなぁ。どうしても、トルストイとかドストエフスキーは素晴らしいと思っちゃうね。あと、バルザックなんかも……宗教について、真っ正面から取り組んでるでしょう、あの人たちは。

岳　宗教って、日本語だと宗教の一言で片付けられちゃうかもしれないけれど、西欧なんかでは哲学と入れ込みになっていますよね。レリジョンであり、フィロソフィーでもある……。

今日のテーマとは少しずれますが、僕は学生時代、経済学から大学院で社会学研究科に行ったんですけど、修士論文で取り扱ったのは、実にサルトルとカミュだったんですよ。サルトルやカミュはアンチ・クリスチャンなんだけど、アンチ・クリスチャンって本当は、ものすごい宗教家っていうか、もうある意味、完璧なクリスチャンなんですよ。『異邦人』なんか読んでも、ただネガとポジを反転させただけのような……僕はサルトルより、感性的な面でカミュの方が好きなんですけどね。

加賀　サルトルはね、無神論者じゃないですよ。『存在と無』なんか読んでると、よく分かります。たとえば彼は、宗教について非常に批判的な言葉を並べるんですけど、そういう言葉はあんまり並べると、逆に宗教になっちゃうんですよ。ああ、この人、いつのまにか逆転して宗教家になっちゃった、っていう文章がたくさんありますよ（笑）。

だから、あの人はフロイトを認めないね。フロイトの悪口ばっかり言ってますよ。ところが、あんまりそれが多いものだから、「この人、フロイトを信じてるんじゃないか」と思えてくる。

それと同じことで、サルトルはあんまり神様の悪口を書くので、やっぱりキリスト教徒なんだなぁと思ってね。

岳　とくにあちらの西欧の哲学者は、ニーチェなんかもそうですけど、こっちの東洋人から見ると、あんまり信用できない。というより、一筋縄で信じちゃいけないんじゃないかっていう気がしますよ。

加賀　そこへ行くと、イエスはちょっと次元が違うなぁ。釈迦が次元が違うように。やっぱり偉いんだ、と思うなぁ。そのことに僕が気がつくのは、だいぶ年をとってからですけどね。
だけど、その問題は、この『永遠の都』の中でも一番大事なところとして書いてます。宗教論はね。

岳　でも、そのあたりの書き方が、押し付けがましくないっていうのが良いですよね。どういうことかっていうと、読んでいるうちに、おのずと先生の意識、思想っていうのが見えてくる。宗教論、宗教観までもが……悠太が分身であることも分かるし。

でも、この小説の中には、それこそ先ほどのアンチ・クリスチャンの話じゃないですけど、いろんな思想をもった人が出てきますよね。

それで、クリスチャンの立場、考え方がより際立つ、という部分もある。

加賀　神を否定しようと議論すると、結局は神様に引きずり込まれるんです。空海だって、そうでしょう。空海がなぜ空を飛んだのか、疑ってかかると面白くない。空を飛んだって良いじゃないか、と考えないと、はじまらないんです。

でも僕は、宗教の問題は日本の現代文学に一番欠けている問題で、その実、とても大事なことだと思うんだけど。

岳　そうかもしれないですね。

加賀　この不思議な世界を、みんな、もっと書くべきだ。

岳　加賀先生、まだこれから書きますか。

加賀　それこそ、岳さんがお書きになって下さい。岳さんはまだ若くて、未来があるんだから。僕なんて、余生はわずかしかないから（笑）。

岳　いやいや、まもなく古希の私が若いだなんて……今回は最後に、たいへんな話になってしまいました（笑）。

第四部

現代の諸問題をめぐって

「死」とは何か

岳　前回はおもに、加賀先生の『永遠の都』と日本の近現代史……わけても対外戦争のことを中心に語り合いました。

その対談のおりにも、宗教の問題や今日私たちが直面している諸問題に少し触れましたが、先生と私とは、日本文藝家協会の理事同士ということで知り合い、ともに脱原発の会をやっていますので、原発の話も重要なポイントになるかもしれません。

ただ最終回の今回は、大きなテーマとしては『永遠の都』をテキストにしての現代の諸問題ということで行きましょう。

そこに入るためにも、まずはこの前も話題になった宗教の問題について、もう一度お話したいと思います。

以前にも申し上げたように、私は大学院でサルトルやカミュに関する修士論文を書いたので、是非の問題はともかく、キリスト教にも興味はありました。

『此処にいる空海』という本にも書きましたけど、もともと私の家は真言宗で、宗教自体にまったく関心がなかったわけでもないのですが、さほどに信仰心が強かったわけではなく、最近になって仏教にも興味をもちはじめた、という感じです。

前回、お話したように、僕は三十五歳が人生の折り返し点というか、曲がり角みたいなものでした。離婚して、一人きりになって、インドに一年近くいたんですよね。何もせずに、ただ放浪していた……その最中にアメーバー赤痢にかかって、三日間意識不明になって、何か神秘的な、簡単に言うと、「あの世の光」が見えてくるというような経験をしました。

そのとき、自分はただ生きているのではなく、「死なずにいる」「生かされている」っていうことを、強く感じたんですよ。これは、何に生かされているのか分からないけれど、きっと神のごときものによってだろう、と。

それ以後やっぱり、特定の宗教をということじゃないけれど、信心深くなったような気がします。

加賀　かなり強烈な経験ですものね。

岳　はい。人との出会いとか、縁や運といったものについても、よく考えるようになりました。

たとえば、三回電話をかけてつながらなかったら、もう四度目の連絡はしないとか（笑）。これは冗談みたいなことですが、でも縁というのは、そういうものじゃないかなと思っています。

ちょうどタイムリーなのでお話すれば、加賀先生の最新刊である『殉教者』ですね。

加賀　あなたが「週刊読書人」に、たいへん素晴らしい書評を書いて下さった……。

岳　あの書評の中には書かなかったんですけど、あれを読んで、僕はちょっと懐かしい気がしました。あの本に出てくるイェルサレムの地なんかへは、若い頃に行ってるもんで。

あの小説の主人公であるペトロ岐部は、要するに死に向かって旅をしているわけですよね。より過酷な、キリストが味わったのと同じような痛みを求めていく。そのために旅をするということで。それがやはり「同行二人」という感じ、誰かに生かされているということに重なるんじゃないかな、と。

神の問題についてお話する前に、「死」とは何か、ということに言及したいと思います。さきに先生にお聞きしてもいいんですが、初めに私のほうから少し、お話しますね。

私の知り合いの、二人の故人の話です。

一人は、もうだいぶ前に亡くなられた小説家の三枝和子さん。古代ギリシャに詳しくて、一方では私小説的な、ご自身が体験された空襲の話なんかも書かれています。文芸評論家の森川達也さんの奥様でもありました。

加賀　三枝和子さん、私もよく存じています。

岳　彼女は、お寺の奥さんでありながら、関西学院出身のクリスチャンでもあった方です。そんな彼女に、僕が「死」について尋ねたことがありました。

「死とは怖いものですか」と。すると彼女は、こうお答えになったんです。「岳さん、死っていうのは、私が思うには、この世とは別の次元の問題だから。怖い、怖くないというのは関係なくて、まったくそこに違う世界がある。それしか私には言えない」とね。

これが一つ目の話です。

加賀　なるほど。

岳　そしてもうお一人が、先生もよくご存知の、秋山駿さん。僕は付き合いが長く、師匠みたいに思っていたので、亡くなる半月くらい前にもお見舞いに行ったんですが。そのとき、秋山さんは「死っていうのは、ほんのわずかな溝を越えるだけだよ。溝の向こう側で、死んだ連中がざわざわして早く来いって言ってるから、俺はもうじき溝を渡るよ」って仰有ったんです。

秋山さんっていうのは、ある種、無宗教的な態度をとっていました。でも、お母さんが長野にある浄土宗のお寺さんの出身なんですね。今は、そこのお寺に葬られていますが。

加賀　彼は、「評論家にならなければ仏教の僧侶になった」って言ってましたよ。

岳　そうなんですか。そいつは初耳だなぁ。

加賀　「僕はもともと、何もしなければ僧侶になっていたんだよ。そのほうがちゃんと稼げるし、良いよ」なんて言ってましたよ。

岳　確かにそれは言えそうですけど……秋山先生のことだから、生臭坊主になったかもしれないな（笑）。

加賀　どこまで本気かは分からないですけどね（笑）。でも、酔っぱらってないときに、そう言ってましたよ。だから「ああ、そうなんだなぁ」って。

岳　僕らみたいな弟子たちには、そんなことは一切語らなかったですね。

加賀　そうでしたか。彼は長野県須坂の浄運寺の夏の集まりで、講演をしてたでしょう。僕はそこに行ってたんです。僕と、バイオリニストの天満敦子さん、それに戦没画学生館の無言館の窪島誠一郎さんと、三人で。その三人は毎年、長野のお寺で秋山さんと一緒だったんですよ。

そのときも秋山さんは「僕は僧侶になっても良かった」と、しきりに言ってましたね。だから彼は、仏教については、すごく詳しかったね。

岳　僕の前では、そういう話はしなかったな。中学時代に兵隊になろうと思ってたとか、ぐれてたとか、そういう話しかしませんでした。

加賀　彼は兵隊になり損ねたんですよ。いろんな話をしたけれど、彼は「死」の問題は、すごく突き詰めて考えてましたよ。仏教的な死ですね。
岳　僕は、秋山さんはどちらかというと、無神論的な人かなと思っていたんですけどね。
加賀　無神論だと、人には吹聴してましたね（笑）。
岳　僕なんか、一番弟子みたいに自分では思っていて、四十年、五十年付き合っていただいたのに、全然知らなかった。だいたい、お母さんのご実家がお寺さんだったっていうことを、はっきり知ったのも、秋山先生がお亡くなりになってからのことで……困った一番弟子でしょう（笑）。
加賀　彼のお母さんのお寺で、僕らは毎年集まって会を開いてたんです。「無明塾」と呼んでいる集会でした。
岳　会う人によって、話題を変えてたのかな。
　僕らにはやっぱり、小林秀雄とかラディゲとか、ボードレールとか、そういう話ばっかりしてましたから。そのせいか僕の中では、何かこう、「仏教」と「秋山駿」っていうのが、いまいち結びつかないんですけどね。
加賀　僕はむしろ、半分僧侶みたいな人だったという印象です。
岳　そうですか。僕からしたら、やたら酒は飲むし煙草は吸うし、っていうイメージの方が強くて（笑）。

加賀　酔っぱらったときに、いつも「俺の一番好きなのは、ドストエフスキーの『白痴』だ」と言ってましたよ。「俺は『白痴』が大好きだぞ」って。あんな宗教的なものが最高だって言ってるわけだから、本当はとても宗教に対しての思いは大きかったのでしょうね。

そして彼は、織田信長について書いて大儲けしたでしょう（笑）。

岳　ああ、その印象もあるのかもしれない。僕は、当時は割と織田信長、好きだったけど、今は逆に、仏教徒を弾圧した織田信長を否定するほうにまわってますけどね。

加賀　でもあれは面白いんですよ。ナポレオンと信長と、どっちが偉いかとか。

岳　僕もむろん、秋山先生の書かれた『信長』は読みましたが、織田信長は比叡山の僧侶や信者を皆殺しにしたりしてるじゃないですか。秋山先生は割と、それを肯定しているように読めたんですよ、あの本で……そういうのが、僕の頭の中にあったせいかもしれないですね。だから、まさかお寺の関係者じゃないだろう、という。

加賀　でも、「お寺さんになっていれば楽だったのに」って、よく言ってましたよ。

岳　まぁ、確かに、私も自分の親父と同じガス会社に入ってりゃ楽だったのに、と思わないでもないですが（笑）。

「無免許」か「免許皆伝」か

岳　少し話を戻しますと、僕は「死」について考えたときに、このお二人の言っていたことを思い出したんですが、加賀先生はいかがですか。先生は「死」については、どのようにお考えですか。

加賀　僕は五十七歳のときに、とうとう洗礼を受けたんです。洗礼を頼んで、引き受けてもらうためには、僕の信仰の度合いを確かめる必要があるということで、神父と話す場を設けて、そこでいろいろと聞かれたわけだけど。

逆に僕は、自分のすべての疑いというか、キリスト教に対して知りたいことを、相手の神父さんに全部ぶつけたんです。そのときは、僕の女房も一緒でした。

四日間、時間をとって、軽井沢の僕の別荘で、神父にたくさんの質問を浴びせたわけ……朝から夕方まで、ずーっと。

ところが、三日目のお昼になったときに、突然、質問がなくなっちゃった。

どうしてなのかは分からないけど、不思議なことでね。

僕は無限に疑っていたわけですよ。キリスト教のことや、神の存在について。イエス、そしてゼウスの存在についてなど。

たとえば、どうしてゼウスっていうのがユダヤ教の神様で、それが全世界の神様になっちゃったのか。そんなことがあっていいのか。ずいぶんとえこひいきがあるんじゃないのか、と。

それを言ったら、選ばれた民族というので、方便だと……神が選んだ方便なのだ、というのが神父の回答でした。

神は、あらゆる民族のどれかを選ぶことが出来た。だから日本を選んでも良かったのだけれど、その頃の日本には、言葉の記録装置がなかった。

岳　言語がない……言葉はあっても、それを表記できなかったということですね。漢字とか。

加賀　そう。そんな国に行って、いろいろやっても、全世界に広がらないじゃないか。あの頃、ユダヤ語っていうのは、ヨーロッパでも聞こえていた。それで、いちばん全世界に発信できる民族を選んだんだ、と説明されたんです。

ああ、そうか。ずいぶんと羨ましい話だなぁ、と思ったんですけどね。そういうつまんない話をどんどんして、二日半、質問攻めにしていました。

あとになって、神父が「あなたたちに質問攻めにされて、すごく迫害された気分だった」

と言っていました。でも、「そちらの真剣さに対して、こっちも必死になって答えた」って。

その阿吽の呼吸の中に、突然、何の疑問もなくなっちゃった。

そしてね、身体がふわーっと風に泳ぐような、魂がすーっと流れて行くような気分になりました。身体が楽になって、風の中を飛んでるような気がした。そうして、僕が感じたまま、そのようなことを言ったら、そばにいた女房も「私もそうなった」って言うんです。二人とも、なんだかぼーっとしていて。

そうしたら、神父が、昼飯でも食べにいきましょうと言って、三人ですぐそばのラーメン屋に行ってね。神父は特大っていう、でっかいラーメンをひとりで食べちゃって……僕らは普通の大きさのを食べましたね。

岳　とてもよく憶えていらっしゃる。

加賀　そして、ラーメンを食べ終わった神父が、お腹を叩きながら、「あなたたち二人とも、洗礼を受けて構いませんよ」と仰有ったんですよ。

それで、その年のクリスマスに洗礼を受けたんです。その洗礼を受けたときにも、また同じようなことが起こった。ふわふわと軽くなって、風のようにすーっと流れていく感覚。女房もやはり、同じだったようです。

だから僕の場合は、すごく不思議な体験をしたわけですね。そしてそのことは、僕にとって非常に嬉しかった。僕の後ろには遠藤周作さんがくっついていたし、女房には遠藤夫人がついていた。二人ともこう、僕の肩に手を乗せて。そして僕は蝋燭を彼から渡されて、火をつけて、持って。

そのとき、なぜかは分からないけれど、本当に嬉しかったんです。

岳　私のインドでの臨死体験と通じるところがあるかもしれませんね。私の場合は、アメーバ赤痢で意識不明だったところから蘇ったとき、何だかすごく気持ちが良かったんです。

加賀　気持ちが良いっていうのは、似てますね。二度目の不思議な体験は、短いものでしたが、水をかけて洗われているときに、ふわーっと、そんな気分になった。

岳　洗礼とは違うんですけど、仏教の世界では灌頂とか得度、受戒とか言いますよね。そうして出家するわけですが、出家というのは一種の死なんですよね。家だの社会だのの拘束を離れ、そうやって他人と付き合って生きることの外に出る。

まぁ、還俗……すなわち、俗世間に還ることが出来たりもするんですけど、一応はそういうことですよね。

それに通じるところもあるのかもしれません。

加賀　僕が洗礼を受けたのは、この『永遠の都』を書きはじめて一年くらい経ってからなんですよ。この小説を書くために、必要だったんです。そういった宗教的な神秘の世界に近づきたいっていう気持ちがあってね。

小説を書いてる途中で、エピソードのようにそういう出来事があったんです。だから洗礼を受けたあと、もう本当に書きやすくなった。

岳 では、菊池透を書いたのは……。

加賀 洗礼よりあとなんです。

岳 『宣告』はいかがでしたか。

加賀 あれは遠藤周作さんが「おまえのは無免許運転だ」と言ったように、僕としては未熟な作品ですね。宗教的にはね。

岳 あの作品を書かれたのは、洗礼を受ける前だったわけですね。でも、かなり宗教的ですよね。

加賀 まぁね。僕も一生懸命書いたし、不審なところは全部神父に教えてもらったし、たくさんの本を読んだし、努力はしたんですけどね。

ただ、遠藤周作さんには見破られた。「君のは、ごたごた書いているけれど、いちばん信仰の芯になるところがない。そういうのは無免許運転をやってるようなもんだから、あの小説は読んでいてハラハラした」と言われましたね。

岳 でも、かなり近づいてはいますよね。イエス・キリストの世界に。

加賀 近づいてはいたかもしれませんが、やっぱり、いまいちだったんですね。

岳 でも、その危うげなところが、読者には受けたのかもしれませんね。ベストセラーになったわけですから。

そういうことで言うと、『殉教者』はいわば、免許皆伝みたいな小説だと思います。

同行二人か、三人か

加賀 『殉教者』で描いたペトロ岐部っていうのは、何を考えてたか、何のためにあんなに世界を駆け巡ったのか、その動機がまったく分からない。これについては、歴史学者のフーベルト・チースリクが、ペトロ岐部を日本人に紹介したあとも、結局、分かっていないんです。

チースリクが言ったのは「たいへんな冒険好きで、世界を股にかけて歩いた人だ」ということと、「深い信仰の人だ」ということ。でも、その深い信仰の内容については、チースリクは何も言ってないんです。そしてそれは、いろいろ調べても分からない。

そうすると、何を書いたらいいのか、分からなくなるんですね。

だから、あれは深い信仰の人を書いた、というのではなく、僕自身を描いているわけです。だから時々、本人にも自分が分からなくなるし、僕にも分からなくなる。

あの『殉教者』を書くのに、僕は三十年間かかってるわけです。ちょうど『永遠の都』との接点になるのが、洗礼という行為で……洗礼を受けたときに僕は、「次に書くのは、ペトロ岐部だぞ」と決めていたわけですね。

岳　まさにその、洗礼を受けたときから、ということですね。

加賀　その後、巡礼ということがはじまって。僕は女房と一緒に世界各国、いろんなところに行きました。

岳　イエス・キリストに係わりのあるところ、ほとんどすべて行ったんでしょう?

加賀　でも、すべて行き終えたのは、二年前なんですよ。二年前に、最後に行ってないところがある、ということに気付いた。全部行ったような気がしていたんだけど、ポルトガルには行っていなかったんですね。

そのポルトガルのペトロ岐部の足跡っていうのをたどったら、はじめて「これでペトロ岐部のことが書けそうだ」って思ったんです。

逆に言うと、自分がペトロ岐部の行ったところに行かなければ、書けないんです。まず、その場所の景色がある、歴史がある……それをずーっと調べていったんだけど、やっぱり行ってない場所は、調べてもよく分からない。

岳　分かります。僕が、この作品はある種の紀行文としても読めると感じたのは、そういうところです。

要するに、イエスのあとを追いかけているペトロ岐部がいて、そのペトロ岐部のあとを追いかけている加賀先生がいらっしゃるんですよね。

加賀　その通りです。

岳　これはまさに、同行二人、いや、加賀先生を加えて同行三人ですかね。

「同行二人」という言葉は、先生の小説『殉教者』の中にも出てくるんですが、普通、四国の巡礼のときなどによく使われます。仏さま、もしくは弘法大師と「同行二人」ということでしたか……いずれ、それに通じるものがあるな、と。

加賀　僕にとっては、『永遠の都』と『殉教者』っていうのは、対になっている作品なんですよ。僕が初めて自分の信仰を書いてみた、っていうことね。

それまでは、自分の信仰については全然、書いていないんですよ。

岳　でも、ペトロ岐部の追っていた一つの「死」というのと、先生が考える「死」っていうのは、まったく同じではないですよね。

加賀　そうですね。同じではないと思います。けれども、他の書きようはないですね、僕には。

もう本当に、彼の手紙を何度も読んでいたし、いろんな意味で、どんな信仰で何を考えていたか、推測はしました。彼の行ったところに行こうという僕の志があったので、行ってみると、何かしら、ペトロ岐部に教えてもらうことがあった……自分では、勝手にそう思ってるんですけど。

三十年たつと、僕も信仰が深くなります。それが繰り返されているわけです、巡礼で。でも、僕は三十年かかっている。ペトロ岐部は十五年で全部終えているわけです。しかもこっちは飛行機で、ばーっと行くけど、ペトロ岐部はそうじゃない。いや、あの人には敵わない（笑）。

岳　でも、何だか羨ましいな、という気もしましたよ。先生がそこまでお書きになることが出来るのは。

加賀　だから、僕はその間ずっと、ペトロ岐部と一緒にいたというイメージがありますね。

岳　なるほど。先生の「同行二人」とは、そういうことなんですね。

加賀　思えば『殉教者』っていうのは、非常に不思議な出来方をしましたね。ですから、もし『永遠の都』と『雲の都』を書き上げていなければ、まだこの作品は書かれていないでしょうね。

だけど、うまい具合に完成したのは、ペトロ岐部の最後の巡礼の旅が、自分の感性と合ったからです。いちばん嫌な感じの船出だったんですよ。出てすぐに嵐にやられるとか、熱病にやられるとか。苦心惨憺して、行かなくちゃいけなかった。

当時にしたら超一流の帆船で、大軍隊で行ったにも関わらず、なぜ上手くいかないんだろう、とペトロ岐部はいちばん苦しんだわけですね。

岳　僕も若い頃、無銭旅行みたいなことを何度もしていたので、何度も死に損ないましたよ（笑）。

ギリシャの山の中で野宿していたら、狼みたいな野犬に襲われたり、イェルサレムにいた頃、すぐそばで時限爆弾が爆発したり。あの頃はイスラエルとエジプトが戦争をやった直後で、パレスチナなど、まだいざこざがつづいていましたからね。そういう時代に……十九歳だった頃の僕は、イェルサレムにいたんです。

加賀　要するに、旅っていうのは不思議なものでね。自分の住んでる場所、住んでる国とは違うところに行っているわけでしょう。そうすると、好奇心が非常に大きくなる。

岳　恐怖心もありますけどね。

加賀　そういう状況において、「自分はここにとっては異邦人だ」と感じている。そして、旅先の土地の人たちとは違う道を歩かされている、という二重構造の旅の感じがありますからね。

ペトロ岐部もそうだったに違いない、と思う。要するに、僕の体験がペトロ岐部の体験と通じていても良いんじゃないの、と。

だいたいね、この信仰っていうのは不思議なものなんですよ。なんとも、不思議。その不思議なものを、ちょっとでも描ければ良かったな、と思っているだけなんですけども。

ダンテが活きている

岳　加賀先生はこれまで『永遠の都』『雲の都』、あるいは『宣告』、また『殉教者』といった小説をお書きになってきたわけですが、その中でもたくさんの「死」を描かれている……それらの作品の作者としては、どうなんでしょう。「死」というものについては、どのようにお考えですか。

秋山先生ではないけれども、怖くはない？

加賀　まぁ、怖くないといえば嘘になりますけど、そんなに怖くはないですね。ちょっとは怖いですけど(笑)。

岳　まぁ、奥様もすでに、あちらにいらっしゃいますしね。

加賀　願わくは、どこかでふっと意識を失って死ぬことが出来ればね。これは感謝ものですけど。

岳　つかぬ事をおうかがいしますけど、先生はお一人でお暮らしなので……。

加賀　そうですよ。いつ一人でバッタリ死ぬか、分からないですよ。

岳　いや、私の知り合いの、実は私より少し年下の女性なんですが、やはり、お一人で暮らしていて、お亡くなりになってから三日、四日、気付かれなかったそうなんです。そういうのを聞くと、何だかねぇ。

加賀　僕もそうなるかもしれない（笑）。

岳　いやいや、先生の場合は、頻繁に人が訪れますし、僕だってしょっちゅうお電話してるじゃないですか。お邪魔な電話をね（笑）。

でも、先生がお一人で暮らしてらして、まぁ、言い方を変えれば、お一人でちゃんと生きてらっしゃるのは、すごいことだなぁと。

それは、先生が「同行二人」だからなのかな、と『殉教者』を読んで思ったんです。信仰って、そういうことなのかなって。

加賀　それは分からないですけど、いま、岳さんの仰有ったことは、かなり近いんじゃないかな。

岳　まぁ、殉教まではされないと思いますし、されても私どもとしては困りますが（笑）。

加賀　いや、分からないですよ（笑）。

岳　ちょっと面白かったことがありましてね。僕はいま、「大法輪」という歴史ある雑誌（昭和九年創刊）で『異形の菩薩　行基』なる小説を連載をしているんですが、その雑誌でよく宗教の特集なんかが組まれていて。今回、「仏教と世界の地獄辞典」っていうのがあったんです。

日本のいわゆる血の池地獄とか、もちろん載ってるんですが、ギリシャ神話で、シシュポスの神話っていうのが面白いんですよ。石が山の天辺からゴロゴロって落ちてきて、それをシシュポスが、また天辺まで持って行くっていうのを永遠に繰り返すでしょう。

あれがギリシャ神話における一種の地獄だって紹介されているんですね。アルベール・カミュなんかも書いていまして、前にもお話しした通り、私の修士論文にも出てくるんですけど。

そしてキリスト教では、「神との断絶、これこそが地獄だ」っていうのが書かれていました。この言い方が少し気になったんですが、キリスト教における地獄っていうイメージは……。

加賀　うーん。今の表現だと、逆に断絶しないでいれば天国に行けるわけですね。

岳　なるほど、そうですね。

加賀　そういうことであるならば、当たっていると思いますね。だけど、地獄というのは、ダンテが想像したものですから。

岳　『永遠の都』にも、ダンテのことはたくさん出てきますよね。

加賀　そうなんです。ダンテが『ディヴィナ・コメーディア』（神曲）を書いたとき、三十歳ちょっと、三十路半ばまでの年齢でしょう。そして、小暗き森に入り、それが地獄の入口だった、っていうのが発端ですよね。

で、ダンテが地獄をまず見て、それから煉獄を見て、天国を見た。三つの階層を彼はたくさんの例を示して、その人たちの苦しみっていうようなものを表現しています。

そして彼に言わせれば、ギリシャの哲学者っていうのはみんな地獄にいるんですよ。なぜなら、キリストの洗礼を受けていないから地獄に行った、っていうひどい話で（笑）。

岳　じゃあ、私も洗礼を受けていないから、地獄に行くわけですね。先生とは離ればなれになっちゃう（笑）。

そういえば『永遠の都』では、ダンテの作品がいろいろと引用されて出てきて、菊池透がひどい目に遭うじゃないですか。それこそ受難で、下手すると殉教しそうなくらいにね。

ある意味、晋助はクリスチャンじゃないけど、あれは殉教したようなもんですよ。戦争に無理矢理とられていって、平和を願いながら戦死した。

そういうふうに、あの作品のストーリーには、ダンテもまた活きていますよね。

加賀　そう読んでいただけると、すごく嬉しいです。

岳　片側にそういうものがあって、もう片側に、今の日本で起こっている現実みたいなものが描かれていますよね。菊池透の受難だったり、晋助が戦争にとられていったり……それこそ空襲のときの、まさに煉獄とも言うべき阿鼻叫喚の図。

ダンテの世界に行かなくても、日本でついこないだ、こういうことがあったんだよ、みたいな感じがすごく伝わってくると思うんですよ。

加賀　それが伝われば、この小説は成功したということになるんですね。有り難うございます。

宗教小説のすすめ

岳　これは別の宗教の話になるんですけど、この「大法輪」誌の特集には、イスラム教についても、そういうものが掲載されていて。その記事を書かれた筆者の方が仰有るには、「千人に一人しか天国に行けない」らしいんですけど、厳しいですね（笑）。

加賀　それは厳しい、キリスト教のほうが寛容ですな（笑）。みなさん、全員天国に行きましょう、って簡単に言うじゃない。教会で、神父がね。

岳　その点、仏教には、ヒンドゥー教もそうですけど、輪廻転生というのがあるじゃないですか。あれが、いつまでもつづく、というのがありますよね。

加賀　仏教はいいんですよ。次の生命が控えてるから、永遠の生命があるわけですよね。

岳　でも、そうやって繰り返されることこそが地獄だっていう考え方もありませんか(笑)。

加賀　だから、遠藤周作さんが言ってましたね。「俺はいったん地獄に落ちて、この世に蠅になって出てくるから、ぱーんと叩いて殺してくれ」って。そしたら、次の生命に行けるからって。みんなの前でそんなこと言うもんだから、みんな、しーんとしちゃって。「何だよ、みんな、しーんとしないでくれよ。冗談だよ」なんて言ってましたけどね。

岳　狐狸庵先生のことですもの、どこまで冗談で、どこまで本気か分かりませんね。

あと、アフリカの固有の宗教の中には、天国もなければ地獄もないっていうのがあるようですね。曖昧模糊というか、あまりはっきりしていない……だからこそ、アフリカにキリスト教なんかが入り込んでいきやすかったんでしょう。

でも今でも、かの地に固有のアニミズムですかね。日本の古代神道みたいな、万物に神が宿る、八百万の神のようなものが信ぜられているようですよ。

それもちょっと面白いなと思って読みました。

加賀 それは確かに面白いですね。

岳 先生の場合、「死」というものに対する考え方、感じ方は、洗礼を受ける前と受けた後では、違いましたか。

加賀 そんなには違わないいんですけど、何ていうのかな、洗礼を受けるまで、僕はイスラムについてもいろいろ読んできましたし、仏教についてもいろいろ読んできたんですが、洗礼を受けた後は、それが、ふっとキリスト教に絞られてきましたね。従って、読書の範囲が、聖書中心になってきた。聖書と関係のあるものを読みたい、という気持ちになって。そうすると、日本の宗教では、浄土宗、浄土真宗。そのあたりはキリスト教と関係があり、ほとんど同じような信仰なので、親鸞なんかは一生懸命読みましたね。つまり、洗礼を受けたことが、ある種の僕の方向を定めてくれた、というような。

人間、どのような宗教に行っても、いろんな宗教を信ずるっていうことにはならないでしょう。一つのものを信じているから、それを中心にして、まわりの宗教のことが分かる。そのことが、自分にとって非常に良かったですね。

そして、僕はつねづね、日本の文学の中に、信仰という世界がほとんど入ってこないことを不思議に思っているんですけど、誰もやらないなら僕がやってみよう、という野心はありましたね。

いや、野心というのも、おこがましいなぁ。望み、みたいなものです。それからあと、自分が書くものが、いつも引きずっている神というものの世界……そういうものを描きたかった。

神がいない世界こそが、地獄なんですよ。

岳 やっぱり、そういうことなんですね。「大法輪」の記述通りですよ。

加賀 地獄もまた、非常に間近になった。宗教においては、どうしても、お祈りする、祈るということ、それから信ずるっていうことが大事なんですが、これは、現代の人たちがまったくやらないことなんですよ。宗教に関係のない方は。

岳 祈ったことのない方には、まず、僕の言うことはよく分からない。だから、『殉教者』を書いたときに、読者のみなさんがそこでつまずくというか、批判が出るというか、伝わらないかもしれないなぁ、という予感はしてました。

岳 でも先生、僕、一つ見えたことがあります。

遠藤周作さんが、最後にインドに行かれて、『深い河』を書かれましたよね。さっきの蠅になった自分を早く殺してくれ、なんて話も、冗談か否かはともかく、僕はね、割と仏教のある部分と、キリスト教のある部分とが、近いところにあると思うんですよ。

加賀 それはその通りですよ。ほとんど同じ宗教です。

岳　僕も空海の本に書きましたけど、長安に行ったときに思ったんです。空海は遣唐使に付いて渡唐した当時、長安で流行していた景教（キリスト教のネストリウス派）にすごく興味をもって、かなり影響を受けているんですよね。

浄土宗とか浄土真宗とか……確かキリスト教にも、リインカーネーションとか、生まれ変わりの思想みたいなものがあって、そういうものに重なってくるような……。

さっきも言ったように、僕は今、長編小説で行基を書いてるんですけど、先生も仰有る通り、あまり宗教的なものを書く人がいないんですよね。今の日本には。だから僕は、大冒険に出たわけですが。

加賀　それは、どんどんおやり下さい。それは、本当にいいことです。

岳　とても不思議なことに、先生の宗教小説を読むことによって、僕も勉強になるんですよ。僕自身は、キリスト教や他の宗教に関してと同様、そんなに仏教について詳しいわけではないし、特定の宗派に属しているわけでもないんですけど……。

怖い時代が近づいている

岳　さて、これまでは、もっぱら仏教用語でいう「彼岸」の話をしてきましたが、そろそろ「此岸」の話に移りましょうか。

この前も少しお話したんですが、この『永遠の都』で書かれていることで……テーマの一つと言っても良いと思うんですが、いちばん僕が考えさせられたことは、やはり、戦争と平和の問題ですね。前にも言いましたが、野坂昭如氏の「今は戦前ではないのか」という深い憂い。それはじっさい、言えると思うんですよ。

戦争っていうのは、日本の歴史の中だけではなく、世界中でいつも繰り返されている。そして、この日本の太平洋戦争後の七十年っていうのは、そういう歴史の中でも、とても希有な時代なんです。

僕は昭和二十二年に生まれて、もうじき七十歳になるわけですけど、戦争が終わってから生まれて、僕が生きてきた間は、幸いというか希有というか、日本は基本的には戦争に巻き込まれていない……これは、ほんとうに大事にしたい、という気持ちがあるんです。

また『永遠の都』から、いくつか引用しながらお話しましょう。

たとえば、少し長いですが、第二章（2の1）の「岐路」の中に、こんな部分があります。

「晋ちゃんは偉大なおとうさんの血を引いている。これは誇ってもいい事実だよ。何しろ満州事変を起し、大陸強行策をとって、日本の国力を増大させた功績者は、時の

政友会幹事長、いや総務だったか、ともかく政界の実力者ナンバーワンの脇礼助先生なんだから」

「お袋もそう言うし、風間代議士もそう言いますがね、ぼくは親父《おやじ》を恥じています、日本を奈落《ならく》の底へ突きおとす張本人みたいで」

「何を言いだすんだね」悠次は晋助の長身を気味の悪い動物か何かのように意識した。「まるで主義者みたいな発言じゃないか」

「ぼくは主義者ですよ」と晋助は片目をつぶった。「平和主義者」

「ずいぶん、古くさい主義者だね」悠次は苦笑した。いまどき平和主義者なんてまるではやらない。広い世界は戦争気運で沸騰《ふっとう》しているのだ。


悠次と晋助、まるで考え方の違う従兄弟同士の会話ですが、七十数年前の、つまりは戦中の日本の有りようをよく表わしていると思いますね。

そして、同じ第二章（2の2）の中で、例の二・二六事件にまつわる悠次の考え……心の模様が書かれています。


ふと悠次は万年筆を停《と》めて考えた。我社を始め保険関係の大企業は現在繁栄を誇っている。軍縮会議の決裂で無条約時代となれば軍需産業も繁栄の時代をむかえる。すでに綿布の輸出量が世界一となった大日本は、あらゆる産業が世界一を目差して大躍進を始める。ところが〝一部青年将校ら〟が狙《ねら》い撃ちしているのは、この繁栄を誇る大企業から政治資金を得ている政治家だ。彼らは、企業の繁栄が国民の不幸の原因だと考えている。しかし、満州・支那へ一斉《いっせい》に進出した企業の吸い上げる利益は、国家の富となって国民を潤《うるお》すのではないか。

何だか、現在の政権トップの人たちが言ってるのと重なりますよね。だからこそ怖いのですが、悠次はとりあえず反対側からも見てみようとしている……その両方から見て、考えるというのが、僕は面白いと思ったんです。

そこで、もう一つ出てくるのが、初江が実家のある三田へと向かうタクシーの中で聞く運転手の話（2の3）ですね。

「こう雪ばかしじゃ、商売あがったりすね。しかし、思い切ったことやったもんだね、今度は。大臣をずっぱり殺すっつうの、大きな声じゃ言えねえが、わしらなんか、大臣も悪がったってえ気ィするね。大日本帝国は景気がいい、貿易は大黒字だっちゅうに、わしら貧乏人にゃ、ちィとも金が入らねえで、みんな大臣だの財閥だのに奪《がめ》られるんだから。そして軍事景気でよ、お偉がたがたんまりもうげでるあいだ、兵隊さんは満蒙《まんもう》で匪賊《ひぞく》狩りとはね。兵隊さんが怒るのも無理ねえすね。で、兵隊が大臣をやっつける。てえと、その兵隊を別な大臣の命令で別な兵隊がやっつける。どうなってるんかねえ、これは……」

というふうに、タクシーの運転手が二・二六の将校たちに同情しているわけですね。

今の日本も、どんどん格差が広がっています。一部の旧財閥系企業なんかがどんどん儲かって、大衆が「俺らには一銭も入ってこない」って嘆いてるのと、同じなんじゃないかなと。

これらの場面は、言ってみれば、戦争や軍人の起こした事件に対する民間人の、三者三様の意見、言い分ですよね。

もう一つ引いてみましょう。これは、第三章（3の1）「小暗い森」の一場面。初江と息子の悠太のやりとりですね。

この前電車の中で中折帽の男にあれこれ質問されたときの恐怖がよみがえった。「でもさ、嘘言うとつかまらないかな」「いいえ、本当を言うとつかまるの。だから、もし途中で尋問されたら大変と思って、言っておくのよ。たとえばさ、透叔父さんは、不断、戦争は悲惨だとか、三国同盟は駄目だとか、今の日本の悪口を言うでしょう。ああ言うことはね、内々ならいいんだけど、お巡りさんだの憲兵に聞かれると大変なのよ。もう悠太は大きいからわかるでしょう」「うん……」「何だか怖い世の中になってるのよ。ついでに言うけど、晋助さんが、不断、いろいろ言ってる皮肉や冗談なんかも、外に洩らすと誤解されちゃうのよ。気をつけてね」「はい」ぼくは深く合点をした。

今まさに、相似た時代が近づいているのかな、っていうのを感じてしまいますよ。最近も、何か、テレビのニュース番組の司会者が下ろされたりとか……決して圧力がかかったわけじゃないけど、物を言うのが窮屈な時代になりましたとか、最後に言って辞めてるわけでしょう。

加賀　以前、岳さん、ブログに書いてましたね。

岳　えっ、先生、ブログなんか読まれるんですか。これは下手なこと書けないな（笑）。でも、「本当のことを言うと良くない」とか「嘘を言っておかないと危ないよ」という世の中が来ちゃうと、こいつはほんと、まずいなぁと。

加賀　あの時代と同じような時代が来る予感がしますね。でも、現実にそうなったら大変ですから、必死で何とか防がなくちゃいけない。

それは結局、選挙で投票するよりしょうがないので、たった一票ですけど、一票の力を信じるしかないですね。そういう時代になってきつつあるという危機感は、ものすごくありますね、僕にも。

岳　やっぱり、一つ一つの法律とか、政治の動きとかを、ちゃんと注視していないと。日本に限ったことじゃないですけど、何か雰囲気で流されていくっていう部分が恐ろしいですね。

加賀　歴史は繰り返す、ということがあるんですね。残念ながら日本は、一九四〇年の三国同盟の時代に帰りつつあるような気がします。

戦争の「記憶」を描く

岳　戦前・戦中をご存じの先生にそう仰有られると、こう、ぞくっとするような現実感を覚えますよ。それと、これは第四章（4の6）「涙の谷」の中にある晋助の述懐なんですけど。

彼ら少壮将校には、残念ながら、la passionがない。時代の流行に乗り、〝バスに乗り遅れるな〟とばかりナチス・ドイツを賛美し（ああ、バスとはいみじくも言ひにけるかも、公共の乗物を拒否するところからla passionは生れるなれば）、天皇または国家（天皇と国家とは彼らにおいて同義なり）のために戦争の勝利という目標だけを求めている。

そんな晋助の思いに、僕なんかは強く共鳴しますね。

もう一つ、ついでに引用しておくと、同じ第四章（4の3）の夏江と初江の会話ですね。

「大変な戦争になったこと」「戦争はもういいわ」「わたし、何だか生きてくのが、面倒になった」「何を言うの、夏っちゃん」「おねえさん、そんな気持にならない？」「そんな暇ないわよ。四人も子供がいると、もう夢中で暮してる。事変も戦争も、遠くの出来事みたいよ」「遠くの出来事……そうあってほしいけど、でももう足元に火がついてるのよ」

日常的なようでいて、怖い姉妹のやりとりですよね。もう足元に火がついてる、というこの言い方。やはり僕は、初江と夏江の姉妹というのは、この作品の中における本当に大切な人物だと思っているんですが、いわゆる女性の視点なんですね。ラストシーンもそうでしたけど。

こんどは肝心の主人公、小暮悠太の心理描写を少し引用してみましょう。第五章（5の1）の「迷宮」です。

が、今となってみると、幼年学校など受けないほうがよかったとも思う。駿次が海兵を受けるまではあと三年あり、三年後に戦争も終っているのではないかという気がする。日本の勝利？ それとも廃墟《はいきょ》？ とにかく終ってほしい。男は第一線に狩り出されてつぎつぎに英霊となり、銃後では防空演習、竹槍《たけやり》訓練、鉄貴金属献納、物資不足、食糧難、疎開、空襲……どこへ行っても、列、列、列に並ばねばならない……。

何かもう、とにかく終わって欲しいっていうのが伝わりますよね。

でも当時、きっとこれが、たくさんの一般人、とくに若い人たちの本音だったんだろう、と思うんです。ところが、先ほど引用した場面のように、本当のことを言っちゃいけない、というのがあって。ああ、そういう時代だったんだな、と。
この時代に生きている悠太やその母親の初江と夏江の姉妹……つまり、そんなに政治的じゃない人間の本音のほうが、真実に近かったんだろうなと思いました。
加賀　これはもう本当に、そうなんですね。実に嫌だったね、この時代は。
岳　僕がこの本を若い人たちに読んでもらいたいと思ったのは、もしこれから、どんな形であれ、戦争がはじまったら、戦争に行くのはそういう若い人たちだからです。政治家たちがいくら何とか法案がどうだ、こうやって抑止策をとってるから大丈夫だとか言っても、若い人たちは分からないと思うんですよ。もちろん、分かって安保法案なんかに反対している学生もいますけど、戦争っていうものが、だんだん風化しちゃっていて……。
戦後すぐの生まれの僕の世代の人間は、直接的には戦争を知らないけれど、親父や祖父さんが戦争に行ってますからね。うちの親父は、ビルマ戦線でやっと生き残って、三百人に一人くらいの確率で日本に帰ってきたんです。
加賀　このあいだも聞いたけど、あそこはすごい飢餓でね。苛酷でした。いちばんひどかったんじゃないかな。
岳　そんな親父が帰国して、生まれたのが僕です。つまり僕は、三百分の一の確率の中で生まれたわけですけど。

前の対談で、戦友会の話も出ましたよね。でも僕らの世代は親から、そういう話を聞かされてるんです。だから、僕らの中にはそういった記憶があるんですね。先生や秋山先生には、もっと色濃い記憶があるわけですよね。さらに上の世代の人たちからも、あれこれと聞いているでしょうし。

そしてそれを、理屈で言うのではなくて、たとえばあの頃、日本の普通の女性はこう思っていたんだよ、とか。もう一方では「二・二六」みたいな事件やら、大空襲やら、こんなことがあったんだよ、と小説で書くのは、ものすごく大事なことだと思うんです。

繰り返させてもらえれば、単なる記録ではなく、小説家の感性を通して描かれた「記憶」ですからね。

加賀　そう思いますね。戦争と平和っていうのは、いま、文学がもっとも必要としている出来事なんですね。文学には、それを描くことが出来る、実に素晴らしい場が提供されているのに、それを書かない人が多いことは残念ですね。

そして、一部の人の利得や思惑で世の中が動いて行くということが、過去にはあったし、これからもあると思うんですね。僕は、切実にそう思います。だからこそ、いっそう書かなければならない。

原発は何が危険か

岳　ここで、もう一つ、戦争の恐ろしさを描いた場面を引用させてもらいます。第六章「炎都」の、阿鼻叫喚の図です。

高射砲の発射音、爆弾の炸裂《さくれつ》、焼夷弾《しょういだん》の落下音、地響き、大火災、倒壊、阿鼻叫喚《あびきょうかん》、ともかくすさまじい形容不能の雑多な噪音《そうおん》のただなかにあって、初江は不思議に静謐《せいひつ》で平安に充《み》ちたものにくるまれて、大都の炎上を眺めていた。心は困憊《こんぱい》し、感情は死んで働かず、異国の戦争画でも見ているように、無感動になっている。いつ砲弾の破片や爆弾が頭上から落ちて来るかも知れぬと考えながら、恐怖を覚えない。西大久保のわが家は、三田の里はどうなったろうと考える。今、あのようにして燃えているかも知れない。駿次、悠次、利平、夏江……心配である。しかし、心配しながら、もしものことがあったら、見たくない、知りたくないと思う（東京は亡《ほろ》ぶ。東京とともに、わたしも亡ぶんだわ。ああ、このまま何もかも亡んでしまったら、もう空襲なんて見ないですむ。）

この「このまま何もかも亡んでしまったら、もう空襲なんて見ないですむ」という、逆説的な部分。これこそ、描写で人を納得させるっていうことだな、と僕は思いました。初江の心理描写……内面のつぶやきでもあるんですが。ここを読んで、やっぱりこの小説を、もっともっと若い人たちに読んでもらわなきゃっていう気になったんです。

加賀 そうですね。読んで欲しいですね。

岳 このときは、米軍機の空襲で、こういうかたちでどんどん人が死んでいく、その中を初江が歩いていくっていう感じだと思うんですが、もし現代だったらどうでしょうか。こんどもし大きな戦争、第三次世界大戦でもあって、原爆が落とされたら、その原爆たった一つで日本は終わってしまうかもしれない。

加賀 終わってしまうでしょうね。

岳 それと、僕はこれもブログに書いたことですが、九・一一のニューヨークでの事件で、ツインタワーに飛行機が激突したときのように、日本国内のどこかの原子力発電所に飛行機が落ちたり突撃したら、日本はもう駄目になってしまうんじゃないでしょうか。

加賀 日本っていうのは小さな国だから、駄目になるでしょうね。

岳 そういう恐ろしい時代に自分たちが生きているんだっていうことは、なかなか分からないですよね。

加賀　原爆の実験っていうのは、どこでやったかっていうと、ネバダ州です。アメリカは国内でやってるわけです。ネバダ州っていうのは、日本列島から北海道を除いたくらいの面積です。小さい原爆が一つ落ちただけで、日本は壊滅ですね。非常に簡単に駄目になっちゃう。

岳　原発を作ることが出来る、ということは、原爆も作ることが出来る、ということですよね、実は。

加賀　そうですね。プルトニウムがありさえすれば、原子爆弾は出来るわけだから。

岳　日本人の科学者の頭なら、すぐに出来るでしょうね。

加賀　出来ますね。

　だから、何で日本があんなにプルトニウムを集めたのかね。あれで電気を起こすというふうに説明されていたけれども、何も出来なかった。そして危険になったんで、アメリカに持って行ってもらった。アメリカは広くて、どこにでも捨てられますので、引き受けてもらったというわけです。

　そういうことを考えると、日本人は、自分の制御の利かない危険なものをどんどん買い集めて、アメリカに助けを求めている……その処理に困ったわけですね。プルトニウムの安全な処理っていうのは、大きな国でないと出来ない。やっと、そのことに気がついたわけです。

何ということか。科学の国だと言われていながら、実にそういう科学的な精神といったものが、じっさいには役立っていなかったわけです。

岳　今の日本人って、マスコミの影響を受けやすい。そのマスコミがニュースとかワイドショーで扱うテーマを、どんどん変えていくわけだから、人びとの意識の向けようも変わっていってしまう。熊本で大地震が起こったら、福島の「ふ」の字も出なくなっちゃって……原発の事故から避難している人たちはまだ十万人もいて、その人たちはまだ自分たちの故郷に帰られないでいるというのに。

先生も先日、福島の現地に行って、ご自身の眼でご覧になったと思いますが。

加賀　凄かったですね。あんな生活をしなくちゃいけない。しかも、家族がバラバラになってるわけですね。母親と子どもは東京に来て、父親はまだ危ないと言われている福島に残っていて……向こうに残らなければ職がないから、仕方なしに残ってるわけですよね。

一家の離散、これは、ものすごく不幸なことですよね。

岳　私たちの友人の中にもいますよね。

ふるさとの浪江町が汚染されて、住めなくなり、埼玉のほうの団地に移り住んで、そちらで新たな隣人たちと仲良くなり、上手く生きていけるかなと思ったら、政府が援助を打ち切りますよと言いだした。下手をすると、団地を追いだされてしまうかもしれない人もいる。そういう問題も起きていますよね。

加賀 そうですねぇ。いろいろと大変です、これは。

問題はね、原発というものが、大失敗をしたわけです。一つの原発が大失敗をしたということは、他でも起こり得るわけです。ところが今は、そういう考えではなくて、他のものは事故が起こらないように注意して整えたから大丈夫だ、という考え方で行ってるわけでしょう。

しかし当初、あの原発は、自然災害など怖るに足りぬ、大丈夫だということを科学者が証明していた。にも拘わらず、メルトダウンが起きてしまったわけだから、一度あることは二度ある。二度あることは三度ある……。

絶対に全国の原発が安全だ、という保証はまったくないし、日本では安全な原発なんて皆無に等しいっていうのが、普通考えることでしょう。そういう考え方がなくなって、まだ強引にあれで儲けたい、と。外国に原発を売りたい、ということなんですね。

でも、開発途上国で原発を作って、日本人がそれに援助するとなって、もしもそのとき、原発が事故を起こしたら、日本はすでに多額の借金を背負っているのに、外国を助けるためにに、また大量のお金が必要になるわけですね。

その危険のほうが怖いですよね。

せっかく日本人が一生懸命働いて貯めたお金が、どんどんどんどん浪費されている。そのことが、ひどく大変なんです。

それが上手くいかなければ、いちばん良いのは戦争を起こすことなんです。戦争を起こすと、不景気は吹っ飛びます。

岳　野坂昭如さんではないけれど、第二次大戦前と状況が似ていますものね。今も現実に、そういうふうにしようとしている人もいるみたいですね。

「戦争と平和」が一つのテーマ

加賀　僕は『資本論』を一生懸命読んだので、その仕組みは何とか分かるんですけど、マルクスが言う通りなんですよ。資本主義社会では、恐慌っていうか、パニックが必ず起こるわけで。たくさんの人たちが富を偏らせている場合は、どうしてもパニックになるわけです。

そういうことは、あの『資本論』で微細に証明されているわけで……今の方は、『資本論』を読まないんですかねぇ。

岳　こないだ言ったように、四年間大学で経済学を学んだ僕も、全部は読んでいないんですが(笑)。

加賀　びっくりいたしました(笑)。

まぁ、しかし、これは理屈じゃないと思うんです。信念だとも思う。つまり、宗教的な事柄なんです。罪なんですよ。原爆だの、原発だのはね。罪であるという自覚があれば、出来ないはずなんです。

何も、科学的に安全性が保たれているから良いとか悪いとかではなく、原発を動かすということは、もうそれ自体が罪なんです。僕はそう思いますね。

これは、宗教の問題なんです。

岳　先生の仰有ることを聞いていると、「キリスト者の目」っていうのを感じますね。

加賀　それは、仏教でも同じですよね。

岳　確かに仏教者……本物の仏教者は、原発には反対していますよ。

加賀　だから今、いちばん必要なのは、信仰とか、信ずるとか、そういう心の動きなんですよね。

科学的精神じゃない。科学はいい加減なものだということが、福島原発のメルトダウンによって証明された。そうしたら、一度あることは二度ある、というのは、日本人なら誰でも、よく知っているわけじゃないですか。

岳　僕もよく言うんですが、「想定外」というのはないんですよね。

加賀　その通り。有り得ないんです。

岳　三・一一の大震災があって、原発事故の起こった当時、総理だった菅直人さんは、僕の個人的な友人なんですがね。

あのときの彼の対応の仕方について、いろいろと批判する人はあるけれど、彼が言っていたのが「天災と人災は違う」と……天災は防ぎようがないが、人災は防げる、とね。僕はその言い方は、当たっていると思ったんです。

たとえば、大正期に起こった関東大震災は天災です。でも、過剰な騒ぎで、朝鮮の人たちが連行されたり、いわゆる主義者というか、社会主義者や平和主義者、そういう人びとが弾圧されたりした。そういったことは人災ですよね。

加賀　あのときの朝鮮人の虐殺も含めてね。

岳　津波や地震は天災で、どうしようもない。止めることは出来ない。だけど、原発は人災です。熊本の地震のときは紙一重で無事だったんだけれど、九州と四国のあいだの豊後水道で津波が起こったら、伊方原発はやられてしまう。

原発を作ったということは、人災なんです。加賀先生の言い方で行けば、罪でもある。

加賀　だからこの小さな国にね、まるで疫病みたいに、あっちでもこっちでも原発があるということは恐ろしいことです。

岳　起こってみないと分からない、ということがあるんでしょうね。

加賀　でも、一度あったんですから。だからこそ、二度とあってはならないんですよ。同じ過ちを繰り返す必要はないと思います。

ああいうのを、僕は神の啓示って、すぐに思うんですけどね。神様が、日本人よ驕るなよってことで、ぱっと原発をメルトダウンさせた、というかね。

岳　ノアの方舟みたいなことですね。

加賀　神はそういうことで、注意を喚起したんだと思うんですが、まだ目が覚めないというところです。

岳　この『永遠の都』という小説には、以前に取り上げたように、文体の問題もあります。ナラティブの問題とか。

でも、もう一つの読み方は、この本はやはり、若い世代、これから……絶対に喰い止めなければいけないんですが、万が一にも戦争に行かなければならないかもしれない人たちに、これまであった戦争、日清戦争からはじまって、太平洋戦争に至るまでの歴史。空襲とか原爆とか、そういったものを、もう一度繰り返す恐れがあると知らせる作品である、ということです。

そうなると、原発、原爆の問題は切り離せなくなっちゃって……もし本当に世界規模の戦争が起こったら、近代の歴史よりも、もっと大変なことになりますよね。

加賀　僕は驚いてるんですよ。

少なくとも、この小説を書きはじめた時点においては、日本がこういうような国になるということは、予想もしていなかった。そして、戦争と平和なんていう、そんな小説の作り方は、古いと言われていました。そうじゃなくて、ポストモダンで、これからはもう、戦争がない時代に入って、何もかも巧くいくんだ、と。

従って、非常に精巧な、入り組んだ新しい文学が活発に動いている。そういう文学の時代が来る、と言われていたし、僕もそう思っていました。

それでも僕は、あえてこの小説を書き進めた。そういう僕の戦争と平和はどこから来たかっていうと、自分の体験なんですね。自分の体験を文学に昇華させようとしたときに考えたのが、ナポレオン戦争時代のトルストイなんです。

はっきり言えば、トルストイの真似をしたわけです、僕は。その代わり、徹底的にトルストイを読んだと思いますけどね。自分でもああいう小説を書きたい、と思って。

ただそれは、今の若い人たちが希望するような小説ではないな、というふうには思っていたわけです。自分では。

ところが、いつのまにか時代は、巡ってきて、今や戦争と平和っていう主題が、いちばん文学では必要になってきましたね。これはもう、びっくりですね。

岳　そうですね。

僕が大事だなと思うのは、それこそ先生がお書きになっている、主義者というかね、そちらの方々が仰有っているのではなく、まさにクリスチャン、キリスト者である加賀乙彦先生が、先生ご自身の、個人の目でお書きになったものだということ。それが僕は大事だと思うんです。

文学の力

岳　そして、これはもう一つの見方……読み方なんですが、何ていうんですかね、時田利平を中心とした大家族、というかね。大きな家族の繋がりみたいなもの。喩えていえば、森、いや、大きな樹木のようなものが描かれていると思います。

片方で近現代の戦争みたいなものがあって、戦争ばかりやっていた困った時代ではあったんですが、もう片方には、時田病院の、利平を中心とした、ひとかたまりの人間群像っていうのがあるんですよね。

僕は大学で常日頃、学生たちと触れ合っていて、現代の若い人は、原発や原爆、戦争に対しても無関心であったり、かたやまた、人間関係が希薄だという気がするんです。人間と人間との関係が。

二十年以上教えていて、最初の頃は、「先生飲みに行きましょう」とか、あるいは学生同士でコンパやったりとか、いろいろあったんですけど、今はほとんどそういう話、聞かないですね。

あったとしても、二、三人のグループだったり。クラス全体で何かをしよう、みたいなのは減っていますね。

だから、大家族的なものを嫌うようになってきてるんですね。もともとが核家族でしたっけ、両親に子どもが一人か二人……きわめて小さな単位の家族だからかな。

加賀　大家族嫌いね、それは困りましたね。

でもそれは、若者に限らず、老人のほうもそうなんじゃないのかな。たとえばね、年をとった人たちの中に、子どもと一緒にいるとうるさいって言う人がいるじゃない。幼稚園だとか、そういったものを近所に作っちゃ困るって言ったり。

つまり、若い人たちだけじゃなくて、年をとった人たちも、小さい世界にぐっと縮こまって、まわりの人を押しのけちゃう。とくに若い世代……子どもなんかいると、「うるさい」と言う老人がいる。その感覚は、僕にはまったく分からないんです。

子どもが遊んでいるときに上げる甲高い声。あれは、小鳥が歌うのと同じで、僕にとっては、とても好ましいわけです。それに、好ましいという感覚がないと、世代と世代とが衝突するじゃないですか。

そういう時代になったら、本当に哀れですね。友達はせいぜい二、三人しかいなくて、世の中の人たち全体のことを、誰も考えない。それは、老いも若きも同じなんです。そういうことは私も危惧しています。

少なくとも、時田利平の時代には、老人たちは、子どもたちのこと、孫たちのことを考えていた。そして孫たちも、両親や祖父母のことを考えていた。ある大家族的な音楽を、生活の中で発散していた。それが今はなくなって、小さい小さい人の輪になってしまっている……これは本当に、人間としては哀れなんです。

そこんとこはやっぱり、ちょっと直してもらわないといけないわけでね。

岳　『永遠の都』には、ああいうかたちで日米開戦にまで踏み込んじゃって、原爆を落とされちゃって……という悲惨な日本の歴史が片側にあるんですけど、同時に大家族的なものも存在したわけです。もう片側にね。

それは江戸時代からあったわけで、小言幸兵衛とでも言いますか、長屋のおっさんのような存在が、利平ですよね。近現代において、そういう大家族的なものが、なし崩しのうちになくなっちゃったような気がするんです。

要するに、江戸の頃からあったものと、文明開化とかで新たに外国から入り込んできたものと、両方が混ざり合っていた時代だったと思うんですよ。この明治から大正、昭和という時代はね。

加賀 そうですねぇ。これは、非常に大きな問題なので、小説家の考えることじゃないのかもしれないけど、少なくとも今の文学の中から、大家族主義の文学が生まれると良いなぁ、と僕は思いますよ。今のように、二、三人で小さく小さく散らばってしまうと、みんなの力を結束することが、まったく出来ないわけですからね。

岳 最近は私、あまり読まないんですが、ここしばらくの芥川賞の作品なんかも、現代という時代を反映して、とても個別のことを書いている気がしますよね。

加賀 つまり、すべての人が共感をもつようなものではなくて、ごくごく狭いグループに分けて考えている、そういう人間関係にのみ関心がある……。

岳 小説もある意味、ミクロ・コスモスというか、限られたグループの中でやっていきましょう、という感じになっていて。だから何かこう、クラスの全体で何かしようっていうんじゃなくて、数人で遊びましょうよ、っていう感じがすごくしますね。私なぞはだから、それは果たして良いことなのかどうか、と思うんですけど。

半分冗談で、半分本気なんですが、次に日本でノーベル文学賞をとるとしたら、歴史小説だって私は事あるごとに吹聴してるんです。それは何故かっていうと、日本の小説は、今やみんな、ちまちましてきちゃって、面白くない。僕の言う歴史小説っていうのは逆に、いくらでも大きな世界が描けるんですね。

加賀 そうですよ。僕もそれは、自分が書いているからあまり大きな声では言えないですけど、本当にそう思いますよ。歴史っていうものをきちんとフィクションと融合させた小説が、今こそ欲せられていると思いますよ。

ちょうどナポレオン戦争の前のトルストイみたいなもので。トルストイは、ナポレオンが攻めてきて戦争をやらなきゃいけないということは、何て悲惨なんだろう、と思いながら、あの小説を書いているわけでしょう。

岳 トルストイも加賀先生も、似ているのは、結局、主義者や政治家ではないということですね。

そういう、良く言えば筋金入り……理屈の通った人、悪く言えばある種偏った立場の人が、声高に戦争反対って叫ぶ。それとはまるで違うんだけれども、読んでいると明らかに厭戦気分になるわけです。戦争が嫌だ、どんな戦争も嫌だ、原発は嫌だ、って……そんなふうに感性に訴えてくる。ただ「反対」っていうと、理屈になっちゃって、心に残らず、擦り抜けていってしまったりしますからね。

物事を小説として描くことの良さって、そこにあると思いますね。

加賀　これこれには反対というふうに、はっきりと旗を掲げなくても、どうしても、自分としては戦争から逃げていきたいというふうにさせるのが、文学の力です。文学には、それだけの力はあると思うんですよ。

岳　そう思います。

加賀　それはとても大事なことで、大切にしたいと思いますね。

永遠の平安と平和

岳　これは、五千枚くらいの大長編の中だからこそ出来ることですけど、先生の小説の中には、戦争反対派だけじゃない、戦争によって儲けようとする人とか、肯定派もいっぱい出てくるわけですね。元軍人で、戦争が終わったら、ぱっと政治家に転身して、アメリカと仲良くしなきゃいけないよ、と言いだす人とか。

そういう人びとまでも描き込む、っていうことが重要なんですよ。反対の人たちも書かないと、もう片方の、ひょっとして正しいかなという人たちが見えてこない。

弁証法の「正反合」じゃないけれど、それだけのスケールがこの作品にはあるなと思います。

加賀 やっぱり、僕は世の中がだんだん暗くなって、人びとの連帯というのがだんだんなくなってきて、老いも若きも、バラバラの生活を送るようになっている気がします。老人と若者も、老人と老人も、若者と若者も、スマホなどでわずかな人たちと繋がっているだけ……それは実に情けない状況ですね。

そうすると、みんな、自分のことしか考えなくなるわけですよ。自分たち数人だけで何もかもやっちゃう、と。それに自分で考えずに、何もかもコンピュータやスマホが教えてくれる。

ある人の説によると、こういう状況は、一九九〇年代、急激にパソコンが普及してはじまったわけです。そのときに「こういう時代が来た」「これは、とても良いことだ」と、みんな飛びついたわけだけど、それからスマホの時代になってくるに従って、人びとの知識の程度というのが、あっという間に定められてしまった。

たとえばね、キリスト教の、あるいは仏教の信仰の問題なんていうのは、スマホでは調べられないはずなんです。どうすれば洗礼を受けられるのか、というハウトゥーはあるけれど、信仰の問題については、ない。

もっと怖いのは、この人物について知りたいと思えば、その人物についてのすべてのニュースをスマホが与えてくれると思ってるわけ。でも人間は、そう簡単じゃないでしょう。僕は見ないけれど、たとえば僕がスマホで紹介されたのを見たら、きっと「いや、僕はそうじゃない」と言いだしますよ(笑)。

岳　僕もネットで、自分のことが書かれたウィキペディアなんかを見て、「ここ違うんじゃないかな」と首を捻ったりしますよ。

加賀　だけど読んだ人はたいてい、あれを信じちゃうわけ。それは怖いことですよ。

岳　最後にちょっとお話しておきたいなと思ったのは、気の早い話なんですけど、「二十二世紀」についてです。

考えてみたら、先生のお年が現在、八十……。

加賀　八十七ですね。

岳　計算してみると、いま二歳の子が、二十二世紀の二一〇一年には八十七歳になるんですよ。今年生まれた子は、八十五歳ですね。そう考えてみると、二十二世紀って、そう遠くないんですよ。先生だって、八十七歳の今日まで、こうしてお元気でいらっしゃるんですから（笑）。

なので、それこそは気が早いけれど、二十二世紀に向けて、二十二世紀まで生きる子どもたちに向けて、言葉を残すとしたら、どんなことを仰有りたいですか。

加賀 僕は自分で小説を書いたとき、誰が読んでくれるだろうっていうのが、すごく気になるわけですけど、まぁ、こんなに長い小説を読んで下さるのは、おそらく今から二、三十年後の若い人たちかもしれないな、と。その頃になれば、まったくおとぎ話みたいな出来事を僕が昔書いた、と思われるかもしれない。

けれども、一抹の真理はそこにあった、というふうな読み方をして欲しいなと願っています。

だから僕は、もちろん現在の読者が読んで下さるのも嬉しいけれど、そうじゃなくて、これを書いているときには、これからの若い人たちにぜひ読んでほしいな、と思っていました。十年後、二十年後かもしれないけれど、という祈りとともに書いていましたから。

つまり、この『永遠の都』という作品自体が、一つの私の遺言なんです。そういう意識がありますね。

岳 願わくば、日本の近現代にあった、これまでのような戦争の歴史を繰り返さないために読まれて欲しいですね。これから日本がまた「戦前」になる……つまりは同じようなことになっていくとして、そのときになってから悔やまれて読まれるのではなく、それより前に読まれて、戦争なんかやめて欲しい、思いとどまって欲しいというか。

加賀　そうですね。とにかく、平和のままに移行していって、何か危険な方向に行こうとしても、あるところで目覚めて……というだけの国ではありますよね、日本は。人びとの教養の程度も高いし。

　そういう望みは、私にもありますよね。平安時代に四百年間、戦争は一つもしなかった国なんだから。

岳　……。

加賀　ああ、なるほど、そうですね。言われてみれば。鎖国をしていた江戸時代より長い

　平安時代っていうのは長いですよね。鎌倉の初期まで入れれば、四百年です。その頃の日本は、元寇のように外国に攻められることはあっても、自分からは外国と戦争もせず、内輪揉めもせず、少なくとも平清盛が出てくるまでは平和でしたよね。

　そういう時代があって、これは僕も死刑の反対運動をしてるものだから触れておくと、死刑という刑罰はその四百年の間、日本になかったんですよ。法律にも何も書いていない。僕と一緒に死刑廃止運動をやってきた団藤重光(法学者・元最高裁判事)さんも仰有

っています。あの不思議な平安時代が何で出来たかっていう歴史を調べて、いまだに驚いています、とね。

それが武士の時代になってから、突如、壊れたわけですが。

過去において、日本は平和な国でした。それは島国であったということが幸いでしたんでしょうけどね。だけど、太平洋の真っ只中にあって、海に囲まれた国で、これだけ平和で、きちんとした国というのは、他にはあまりなかったわけです。

不思議と日本というのは、そういうことに恵まれた国であった。そうすると、日本が平和を保つことはこれからも出来るだろう、と僕は思っているんです。

岳　最初に申し上げたように、「砂上の楼閣」と裏表ではあるけれど、もしかすると永遠の平安・平和を貫き通せるかもしれない。だからこそ「永遠の都」である、ということですね。

（了）

対談を終えて

加賀乙彦

岳さんとは酒宴のうちに知り合った。私は十二年の年月を籠って、『永遠の都』を書き上げたあと、続編の『雲の都』を、また十二年ものあいだ世捨てびとの生活をして書いた。その結果どうなったか。友人たちは次々にこの世を去り、私は八十歳すぎの老人になり、七十歳以下の若い人びとに知人少なく、私は孤独と病弱に苦しんだ。

そんなある日、久しぶりに文藝家協会の理事会に出てみると、何人かの知友に会えて、理事会後の酒宴で旧交を温め、同時に新しい知友を得た。岳さんとはそんな具合に、いつの間にか自然に知り合ったのだ。

私は岳さんの作品を読み、代表作の『水の旅立ち』に描かれた夫婦生活の迫力に瞠目し、綿密で大部な伝記小説の『福沢諭吉』の確固とした目配りに深く教えられ、意表を突く構成と歴史眼の『吉良の言い分』により楽しまされた。

岳さんのほうも、私の作品を読み、ついに『永遠の都』という長い小説を熱を入れた態度で読み、作者と対談をして本にするという企画を考えてくれた。私のような老作家の作品を岳さんのような若い（本当に若い、私より十八歳も若い）作家が興味をもって読んでくれる、それだけでこの対談の本は素晴らしい企画だと、私は思った。ところが岳さんは私より十八歳も若いのに、実は作家としての閲歴は私とほぼ同じだと教えられて、びっくりもし尊敬の念も覚えるようになった。作家岳真也氏が文壇にデビューしたのは、私と同じ一九六〇年代であり、ひょっとすると私の先輩であるというのが正しいということになってきたのだ。

岳真也さんよ、早熟な作家さんよ、ともに同じくらいの経験をもつ作家である人よ、ともに頑張ろうぜと、声を高める気に私はなっている。そして二人を結び付けたお酒の世界をこれからも続行しようぜと、酒杯を上げようと思っている。

至福の時——TAIDANの顛末

岳　真也

　加賀乙彦先生とお近づきになったのは、そんなに古いことではない。わたしが日本文藝家協会の理事になってからのことだから、せいぜい五、六年だろう。簡単にいえば理事仲間の先輩（加賀先生）と後輩（わたし）、といった関係だ。

　むろん、「天下の文化功労者」である。先生のご高名は、それ以前より存じ上げていて、ベストセラーとなった『宣告』をはじめ、デビュー作『フランドルの冬』や『帰らざる夏』『湿原』など、いくつかの著書も読ませていただいていた。わたしの旧師たる故秋山駿先生を通じて、個人的なお話も聞かされていたし、文壇のパーティーなどで、ご挨拶をするくらいのことはしていた。

　それが理事仲間となり、定期的な理事会の終了後には、森詠さん、三田誠広さん、川村湊さんらとともに、必ずといってよいほど、飲みに繰りだすようになった。

　すでにして先生は齢《よわい》八十を超えておられたが、よく飲み、よく食べ、よく語られた。

「赤ワインをグラスに三杯、が適量」

とおっしゃりながらも、わたしが「もう半杯」をそっと先生のグラスに注ぐ役で喜ばれ（重宝がられ）、急接近。その後、いっしょに脱原発の運動などもやるようになり、二人きりで盃をかわすようなことも少なくなかった。そういうおりに、

「二人で文学や文化、社会のことを話しあいませんか」

との話が出たのである。

このTAIDAN＝対談を開始する一年ほどまえに、加賀先生から化粧函入り全七冊セットの『永遠の都』を頂戴し、半年あまりかけて読了した、という事情もある。これまた昔、先生が文芸誌「新潮」に連載中、また単行本、文庫本など半端に齧《かじ》っていたものを、きちんとノートを取りながら丹念に読み解いていったのだ。

今回のTAIDANでは、続編の『雲の都』も参照はしたが、メーンは『永遠の都』のほうとし、本書のタイトルも『「永遠の都」は何処に？』となった。

この間、まだまだ創作意欲旺盛な先生は、江戸時代初期のキリシタン禁教時に聖地イェルサレムを旅して戻ったペトロ岐部を描いた『殉教者』なる作品を上梓。そして、わたしが主宰する歴史時代作家クラブの第五回（二〇一六年度）特別功労賞を受賞された。

これに関しては、『殉教者』が『高山右近』『ザビエルとその弟子』などとならぶ本格的な歴史時代小説であると同時に、『永遠の都』『雲の都』もまた、

「日本の近現代を描ききった類《たぐい》い稀《まれ》なる歴史巨編である」

という評価も加味されている。

TAIDANの内容については、本書を読んで下されば良いので、ここでは書かない。ただ時と場所を変えての四度の語らいは和気《わき》藹々《あいあい》とした、たいそう楽しいものであったし、それ自体がわたしのなかでは、「人生の至福の時」だったという気がする。

その半年がかりのTAIDANを、さらに半年あまりかけて先生とわたしが加筆推敲し、ようやく読者の皆さんに提供する。それほどのものである。加賀乙彦ファン必読の一書となることはまず間違いない、と信じている。

ここまでお付き合いいただいた牧野出版社長・佐久間憲一氏ならびに編集部の皆さんに、この場をかりて謝意を捧げておきたい。

二〇一七年 春

加賀乙彦
（かが・おとひこ）

1929年、東京に生まれる。東京大学医学部卒。日本藝術院会員。2011年度文化功労者。卓越した精神科医としても知られているが、同67年に刊行した長編小説『フランドルの冬』（筑摩書房）で芸術選奨新人賞を受賞し、作家デビュー。73年に『帰らざる夏』（講談社）で谷崎潤一郎賞、79年には『宣告』（新潮社）で日本文学大賞を受賞、同作は大ベストセラーとなる。86年に『湿原』（朝日新聞社）で大佛次郎賞、その後、長年月をかけて書いた大河小説『永遠の都』（新潮社）が98年に刊行され、芸術選奨文部大臣賞を受賞。さらに2012年、続編の『雲の都』（新潮社）で毎日出版文化賞特別賞を受賞。なおも執筆意欲おとろえず、最近作は『殉教者』（講談社）、同作と『高山右近』『ザビエルとその弟子』と併せ、『永遠の都』『雲の都』が日本の近現代を描ききった歴史小説の傑作との評価を受け、2016年、第五回歴史時代作家クラブ賞特別功労賞を受賞する。

岳 真也
（がく・しんや）

1947年、東京に生まれる。慶應義塾大学経済学部卒、同大学院社会学研究科修士課程修了。同66年、学生作家として「三田文学」でデビューする。作家生活50年、その間に、著書約150冊。2012年、第一回歴史時代作家クラブ賞実績功労賞を受賞。代表作は1989年刊行の『水の旅立ち』（文藝春秋）、2005年刊行の『福沢諭吉』（作品社）。近年、歴史時代小説に力を入れ、『北越の龍　河井継之助』『麒麟　橋本左内』（共に角川書店）『土方歳三　修羅となりて北へ』（学習研究社）『坂本龍馬最期の日』（集英社）などがあるが、忠臣蔵の定説を逆転させた『吉良の言い分 』（KSS出版）は1999年度上期のベストセラーとなった。最近作は『今こそ知っておきたい災害の日本史』『徳川家康』（共にPHP研究所）『此処にいる空海』（牧野出版）『直虎と直政』（作品社）など。日本文藝家協会理事、歴史時代作家クラブ代表、虎希の会会長。法政大学講師。

TAIDAN―22世紀に向かって
「永遠《えいえん》の都《みやこ》」は何処《どこ》に?

2017年5月26日発行

著　者　加賀乙彦
　　　　岳　真也
発行人　佐久間憲一
発行所　株式会社牧野出版
　　　　〒135-0053
　　　　東京都江東区辰巳1-4-11　STビル辰巳別館5F
　　　　電話 03-6457-0801
　　　　ファックス(注文) 03-3522-0802
　　　　http://www.makinopb.com
印刷・製本　中央精版印刷株式会社

内容に関するお問い合わせ、ご感想は下記のアドレスにお送りください。
dokusha@makinopb.com
乱丁・落丁本は、ご面倒ですが小社宛にお送りください。送料小社負担でお取り替えいたします。

ISBN978-4-89500-212-7